2

LOUIS LAFORCE

Mam'zelle Lili-Rose

- PARIS, ME VOICI ! -

W0390277

Kennes
Éditeur
de coups de cœur

Retrouvez-nous sur www.kenneseditions.com

Rejoignez-nous sur notre page Facebook : www.facebook.com/KennesEditions

Suivez-nous sur notre compte Instagram : kenneseditions

© 2020 Andara éditeur inc.

Publié avec les autorisations des Éditions Andara inc.,
Québec, Canada

Auteure : Louis Laforce
Illustration de la couverture : Nicola Di Lauro
Illustrations intérieures : Adobe Stock
Graphisme : Julie Deschênes

© Kennes, 2021, pour la présente édition
Rue de la Blanche Borne 15
6280 Gerpinnes (Loverval) – Belgique

Légère adaptation : Anaïs Herbage

Dépôt légal : septembre 2021 — D/2021/13.105/160

ISBN : 978-2-3807-5496-4
NUART : 74-1388-7

Imprimé en Europe

Tous droits réservés

Pour Éliane

Cette histoire se déroule à la fin des années 1990. Une époque pas si lointaine et pourtant très différente de la nôtre : on ne s'y prenait pas en selfie et on ne textait pas ses amis à toute heure. Pour entendre sa chanson préférée, il fallait soit acheter l'album complet chez un disquaire, soit en faire la demande à une station de radio.

Pour mieux comprendre cette décennie préhistorique dans laquelle évolue Lili-Rose, certaines expressions te sont expliquées dans un lexique à la fin du roman. Tu les reconnaîtras par leur **police de caractères différente**.

PREMIÈRE PARTIE

Montréal

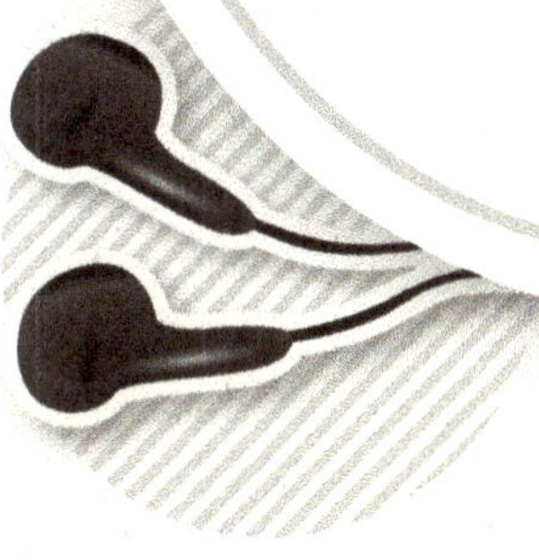

Chapitre 1

DIMANCHE 15 MARS 1998

TEMPÉRATURE EXTÉRIEURE :
–1 °C (la chaleur d'Orlando
me manque)

Je n'ai pas d'amoureux et je m'en
fous !

Je suis couchée sur mon lit, au milieu de mes peluches, le fil du téléphone entortillé autour de mon index.

— Tu te rends compte ? Ça fait trois mois que je suis célibataire ! Et franchement, ce n'est pas la fin du monde...

À l'autre bout de la ligne, Rosalie me donne raison.

— De toute façon, tu ne peux quand même pas te jeter au cou du premier garçon qui te fait les yeux doux.

— J'aurais l'air de Joëlle Biron. Pour elle, on dirait que tout ce qui compte, c'est d'avoir un copain, peu importe qui...

— Je pense que je l'ai vue avec dix garçons différents dans la dernière année. C'est un peu triste, je trouve.

De mon côté, à mon retour de Floride, la semaine dernière, j'ai pris une grande décision. Les garçons, c'est terminé ! Je n'ai pas le temps d'avoir un copain. Je veux devenir actrice, et pour que ma carrière progresse, je dois faire des sacrifices. Et s'il me faut choisir entre mes amies et un amoureux, je préfère passer du temps avec mes meilleures amies.

Chapitre 1

Bon, jusqu'à présent, j'ai seulement joué dans une publicité pour de la lessive, mais c'est un début ! Papa et maman ne savent rien de mon ambition d'être comédienne. Ils pensent que c'est juste un loisir pour moi. S'ils connaissaient ma véritable passion pour ce métier, ils me diraient d'envisager un travail plus sérieux ; de faire carrière en médecine, par exemple, ou en ingénierie. J'admire ceux qui soignent les gens ou qui construisent des ponts, mais ce n'est pas *mon* rêve.

À l'école, je fais partie d'une troupe de théâtre. Je prends aussi des leçons de jeu chaque semaine avec une ancienne star de la télévision. Petit pas par petit pas...

Tout ça pour dire que les garçons sont devenus une simple distraction à mes yeux. Mais je n'ai pas toujours vu les choses sous cet angle. Quand Maxime (c'est mon ex) m'a laissée tomber pour Steffi la hyène, j'ai cru que ma vie était finie, que je ne serais plus jamais heureuse. J'aurais tout fait pour qu'il m'aime encore. Mais j'ai réalisé avec le recul que Max et moi n'avions pas grand-chose en commun et que c'était une bonne chose que nos routes se séparent.

Une semaine après notre retour des vacances, Maxime sort toujours avec Steffi. Il fait moins le fanfaron et semble plus attentif à sa copine. C'est bien, ça. À Orlando, je l'avais prévenu qu'il devait prendre soin d'elle. On dirait qu'il a retenu la leçon. *Girl power !*

Même si je n'ai pas envie d'avoir un amoureux pour l'instant, j'ai beaucoup de qualités qu'un garçon pourrait apprécier. Quelques défauts, aussi. L'impatience, par exemple. Je déteste attendre ! Que ce soit sur le quai du métro ou à la caisse d'un magasin, j'ai chaque fois l'impression de perdre un temps précieux. Dans ces moments-là, je tape du pied, je soupire, je grogne… je suis une vraie bombe à retardement.

Anxieuse, moi ? Un peu. Peut-être même beaucoup. Dans ma tête vit une petite souris. Quand je suis stressée, elle grimpe dans sa roulette d'exercice et se met à courir de plus en plus vite. Pour la calmer, je m'oblige à inspirer et à expirer lentement. Ça marche moyennement. Mon truc préféré pour me relaxer est alors de faire des listes de toutes sortes : de mes chanteurs préférés, des parfums de crème glacée dont je raffole, des cinq plus beaux graffitis que j'ai vus de ma vie… N'importe quoi peut faire l'objet d'un de mes palmarès.

Mais aujourd'hui, rien de tout ça ne me calme. Depuis un quart d'heure, je fais le flamant rose dans le magasin de photo. Oui, oui, le flamant rose : je reste plantée devant le comptoir de service en attendant que poussent les fleurs du tapis ! Entre mes deux oreilles, la souris « tourne » à vive allure, je vous jure, une vraie dynamo.

L'employée cherche partout les impressions du client qui me précède. Elle ouvre un tiroir, le referme, en ouvre un autre, se rend dans l'arrière-boutique, en revient les mains vides, demande au client d'épeler pour la troisième fois son nom de famille, farfouille à nouveau ici et là, sans jamais mettre la main sur les photos.

— Dans votre annonce publicitaire, vous parlez de développement des photos en vingt-quatre heures. Est-ce que ça inclut le temps nécessaire pour les retrouver ? demande l'homme, le plus sérieusement du monde.

Chapitre 1

La préposée déniche enfin l'enveloppe du client. Celui-ci l'ouvre aussitôt et se met à examiner les impressions en commentant chacune d'elles.

— Celle-ci est floue... Celle-là est prise à contre-jour... Ici, on voit une trace de doigt... Est-ce que je peux payer seulement les photos qui sont réussies ?

L'employée lève les yeux au ciel avant de répondre par la négative. C'est ce qui est embêtant quand on prend des photos : on ne sait jamais si elles seront bonnes. Il faut attendre de les faire développer pour le découvrir. J'espère que celles que je suis venue chercher sont réussies, car ce sont les souvenirs de notre voyage en Floride.

J'ai passé la semaine de congés loin de l'hiver, en compagnie de mes parents et de mon petit frère, Benjamin. Au départ, je n'avais pas envie d'y aller, mais finalement, j'ai bien aimé me faire bronzer, apprendre à surfer, manger des chamallows grillés et visiter une partie du Walt Disney World Resort. Pour l'occasion, papa et maman ont pris plus de cent clichés. Je ne peux pas croire que, sur le lot, il n'y en aura pas quelques-uns de bons...

Enfin ! C'est mon tour ! Mes photos me sont remises dans une petite boîte. Maman a demandé qu'elles soient imprimées en double, pour en offrir des copies aux gens que nous aimons. Ce sera vite réglé. Notre famille se limite à six personnes : mes parents, mon frère, ma tante Mireille, qui est aussi ma fée marraine, ma grand-mère Laure et moi, bien entendu ! Mam'zelle Lili-Rose Laframboise, la seule et l'unique !

Ma grand-mère est celle qui aime le plus regarder des « portraits », comme elle dit. Presque sourde, mamie présente depuis peu des symptômes de la maladie d'Alzheimer. Nous reconnaîtra-t-elle sur ces clichés ? J'espère que oui.

Pour ce qui est de ma tante Mireille, je ne la vois pas souvent, car elle habite à Toronto. Elle travaille pour l'équipe des Maple Leafs[1]. Maman l'appelle au moins une fois par semaine. Ça doit nous coûter cher en appels, parce que papa rouspète chaque fois qu'il reçoit la facture…

Je paye nos impressions avec l'argent que ma mère m'a confié et je quitte le magasin, mon paquet sous le bras. Je la retrouve au rayon des cosmétiques du magasin.

— Ce n'est pas donné de faire développer cinq films de vingt-quatre photos ! Sans compter le supplément pour les doubles…

1) Équipe de hockey sur glace de Toronto.

Maman jette un coup d'œil à la facture et repose sur l'étalage le rouge à lèvres qu'elle examinait.

— Les moments en famille n'ont pas de prix… me répond-elle.

Nous quittons le centre commercial sans rien acheter d'autre. Une fois dans la voiture, je m'apprête à ouvrir la boîte de photos dès que ma ceinture est bouclée, mais maman arrête mon geste.

— Attends d'être à la maison, s'il te plaît. Je préfère qu'on regarde ces photos en famille. Un voyage, ça se vit en trois temps : d'abord sa préparation, ensuite l'évasion, et enfin, les souvenirs qu'on en garde.

Je referme la boîte en soupirant. Je dois *encore* faire preuve de patience…

Chapitre 1

Depuis notre retour de vacances, l'école a repris pour mon frère et pour moi, avec sa valse de devoirs, de leçons et de sandwichs au jambon. Papa a recommencé à enseigner la musique, et maman, le français. J'étais contente de revoir mes amies. Je connais Amélie, Justine et Rosalie depuis toujours.

Rosalie, c'est ma meilleure amie. Nous habitons la même rue depuis douze ans. Nous avons passé tous nos étés dans la piscine de l'une et sur le trampoline de l'autre. Quand j'y repense, nous en avons coiffé, des poupées, et confectionné, des colliers avec des macaronis secs !

Rosalie est pourtant très différente de moi. Je la trouve secrète, alors que je suis plutôt exubérante. Elle apprécie la musique grunge et punk, la bouffe végétarienne et les films d'horreur. Moi, je préfère la musique pop, les macaronis au fromage, les films de science-fiction et les comédies musicales. Je pense que notre longue amitié s'explique justement par le fait que nous sommes assez différentes l'une de l'autre. Nous nous complétons, comme un vieux couple !

Justine et Amélie sont arrivées dans le quartier quand Rosalie et moi avions neuf ans. Avec elles, je peux parler des stars de Hollywood ou des dernières tendances de la mode. Justine, c'est la sportive du groupe. Elle fait de la natation de compétition. Il est impensable d'aller faire les magasins avec elle un samedi, car elle passe cette journée à la piscine. Ses efforts ont été récompensés l'an dernier quand elle a récolté une médaille de bronze lors d'une épreuve provinciale. Elle rêve maintenant de compétitions nationales.

Amélie, pour sa part, a des doigts de fée. Elle est toujours en train de bricoler, de peindre ou de sculpter quelque chose. Les murs de sa chambre sont tapissés de dessins au pastel, et les marges de ses livres sont agrémentées de mille et un petits croquis.

Je pourrais aussi vous parler de Marianne, qui se joint parfois à nous quatre, mais depuis un an, elle fréquente un autre cercle d'amies, et nous la voyons de moins en moins souvent. C'est quand même une chic fille, le cœur sur la main, toujours prête à aider quelqu'un dans le besoin.

Oui, j'adore mes amies. Et ça me fait de la peine de penser que je vais bientôt les quitter…

Chapitre 2

LUNDI 16 MARS 1998

TEMPÉRATURE EXTÉRIEURE :

–2 °C, avec un vent cinglant

C'est looong, l'hiver. J'ai hâte de remettre mes shorts et mes t-shirts !

Quand nous sommes revenus de Floride, à la fin de la semaine de vacances, notre boîte aux lettres débordait de courrier, de pubs et de journaux détrempés. Une des enveloppes provenait de la commission scolaire et m'était adressée. C'est rare que je reçoive du courrier. Je pensais trouver un bulletin ou quelque chose du genre, mais ce n'était pas le cas. « Devenez citoyen du monde », annonçait la lettre d'introduction. J'ai ainsi appris l'existence d'un programme d'échange qui permet à des jeunes de mon âge d'aller étudier trois semaines dans un autre pays de la francophonie. La francophonie, m'a expliqué mon père, ça comprend tous les États dont une partie de la population parle la langue de Molière. J'ai fait une liste des plus intéressants.

Chapitre 2

Je pensais devoir me battre bec et ongles avec mes parents pour leur faire accepter l'idée que je parte seule à l'étranger. En général, ma mère est plutôt conciliante, et avec de bons arguments, j'arrive à la convaincre, mais mon père, c'est une autre histoire. Souvent, chacun de nous veut imposer son point de vue à l'autre. Dans ces moments-là, le ton monte, et nous nous disons des choses horribles.

Maman (elle aime bien jouer à la psychologue) prétend que lorsque nous sommes en colère, nous essayons d'exprimer en même temps nos sentiments, nos arguments et notre frustration d'être incompris. Elle ajoute que dans ces moments-là, personne ne s'écoute.

Heureusement, mes conflits avec mon père sont comme des orages en été : soudains, bruyants, mais très brefs. Pour faire la paix, il me propose systématiquement d'aller marcher. Qu'il pleuve, qu'il neige ou qu'il vente à décorner les bœufs, nous partons nous balader. L'air pur évacue notre surplus d'adrénaline et calme les battements de notre cœur. À notre retour, nous nous faisons un grand câlin. Papa dit que ces moments nous rappellent que nous ne sommes pas parfaits, mais que nous nous aimons quand même très fort. C'est ça, le plus important.

À mon grand étonnement, pas de dispute, cette fois-ci. Mes parents ont rapidement accepté que je parte à l'étranger. Ils se sont aussi montrés d'accord pour recevoir durant trois semaines, en échange, un jeune qu'ils ne connaissent pas. Ça m'a tout de suite paru louche.

— Vous voulez vous débarrasser de moi ?

— Pas du tout. Tu nous as prouvé récemment que tu

étais une jeune femme dotée d'une belle maturité, m'a répondu maman.

— Nous avons envie de te faire à nouveau confiance, a ajouté papa.

C'était trop beau pour être vrai. Mes parents devaient être encore sous l'effet de la magie de Disney. J'en ai profité pour postuler avant qu'ils changent d'avis. J'ai ensuite tenté d'entraîner mes amies dans cette belle aventure. Avec ses compétitions, Justine ne peut pas s'absenter. Amélie, elle, a d'abord paru intéressée, mais elle a finalement décliné l'offre. Ses parents rénovent la cuisine, et la maison sera sens dessus dessous pour un bon bout de temps. Le moment serait mal choisi pour accueillir un jeune étranger chez eux… Rosalie, quant à elle, a vite rejeté mon idée.

— Je n'aime pas les Français, tu le sais bien. Quand je regarde un de leurs films, je m'endors avant la fin. Ils parlent trop ! C'est énervant !

— Il y a d'autres pays très intéressants…

— Je préférerais aller aux États-Unis. Et encore, pas dans n'importe quel État… J'irais bien à Seattle, par exemple.

Je ne doute pas que Rosalie se plairait dans ce berceau de la musique grunge…

Je serai donc la seule à partir. En supposant que je sois acceptée. De toute façon, comme le soulignait ma mère, l'objectif est d'élargir mes horizons et de rencontrer d'autres personnes, pas de faire les mêmes choses que d'habitude avec des amies que je côtoie déjà tous les jours.

Chapitre 2

Je vais aller dans une école différente de la mienne (petite angoisse) et apprendre plein de nouvelles choses (je pense). Mais je n'aurai pas besoin d'être super attentive en classe, car à la fin de mon séjour, il n'y aura pas d'examen. Je devrai seulement tenir un journal de bord dans lequel je résumerai mon expérience, ce que ça m'a apporté, et patati et patata...

Trois semaines sans devoirs ni leçons ? Carrément cool !

Aujourd'hui, je dois choisir le pays que j'aimerais visiter. C'est un secret de Polichinelle que je rêve de visiter Paris, la ville la plus romantique du monde ! J'ai envie de voir la tour Eiffel, les vitraux de Notre-Dame et Versailles. Oh ! Comme j'aimerais visiter le fabuleux château du roi Louis XIV ! Je m'imagine valser sur ses parquets cirés, éblouie par des lustres dorés, mon reflet répété à l'infini dans des miroirs brillants. Qui sait, j'y rencontrerais peut-être un prince charmant ? Mais non, qu'est-ce que je dis là ? J'ai banni les garçons de ma vie…

Bon ! Assez rêvassé ! Je chasse les traces de sommeil collées au coin de mes yeux et descends petit-déjeuner. Papa a étalé devant lui son journal ; il lit une chronique de Pierre Foglia en riant dans sa barbe (même s'il n'a pas de barbe). Accoudée au comptoir, maman sirote un café en écoutant la radio. Benjamin, de son côté, empile trois tartines grillées les unes par-dessus les autres. Il les a tartinées de beurre de cacahuètes, de marmelade et de mélasse noire. Le mélange d'odeurs me donne mal au cœur. Je me contente d'un bol de flocons d'avoine que j'arrose de lait au chocolat. Entre deux bouchées, j'annonce :

— Il faut ab-so-lu-ment payer mes frais d'inscription,

c'est aujourd'hui la date limite. Je dois aussi indiquer trois destinations où j'aimerais aller.

— Les délais sont plutôt courts, souligne maman.

— Monsieur Marchand (c'est mon prof de français) dit que la commission scolaire a eu du mal à obtenir toutes les autorisations requises, c'est pour ça que tout semble un peu à la dernière minute...

— Aimerais-tu aller en Afrique ? me demande papa en repliant son journal. Tant qu'à séjourner à l'étranger, tu serais vraiment dépaysée.

Je secoue la tête.

— La Suisse est un pays formidable, propose maman. L'air pur des montagnes, le chocolat, les montres réglées au quart de tour…

— Tu l'imagines en Suisse ? rétorque papa d'un ton moqueur. Elle qui est toujours en retard ?

Je lui lance un regard noir. Il rit de plus belle.

— D'après ce document, tu pourrais aussi aller étudier en Ontario ou au Nouveau-Brunswick.

Devant mon air paniqué, papa s'empresse d'ajouter :

— C'est moins exotique, j'en conviens. Les Belges font

aussi du très bon chocolat, tu sais. Et des bandes dessinées connues dans le monde entier : *Les Schtroumpfs, Tintin, Spirou*...

Benjamin l'interrompt.

— Toi, Lili-Rose, quel pays t'intéresse le plus ?

S'il n'avait pas la bouche pleine de mélasse, j'embrasserais mon frère.

— Il n'y a que la France qui m'attire. J'aimerais visiter Paris, c'est évident, mais aussi cette région pleine de châteaux...

— La Loire, intervient maman.

— C'est ça ! Et la Provence serait chouette aussi, il paraît que le climat y est génial.

— Attention, souligne papa en pointant un index vers moi, ce ne sont pas des vacances. Tu vas là-bas avant tout pour étudier et t'imprégner d'une autre culture.

— Je sais, je sais…

Je cherche dans un tiroir de la cuisine un stylo pour remplir mon formulaire. Il y règne un vrai fouillis. On dirait que des trombones, des élastiques et des attaches de toutes sortes y poussent durant la nuit. Armée d'un crayon, je me penche sur le questionnaire et j'inscris :

COUPON-RÉPONSE

Inscrivez vos trois choix dans l'ordre de préférence :

1 France (Paris)

2 France (Loire)

3 France (Provence)

Chapitre 2

Soulagée que la discussion n'ait pas tourné en conflit, j'appose ma signature sur la ligne qui y est destinée, puis maman ajoute la sienne, tandis que papa prépare un chèque qui couvrira mes activités et le salaire d'un guide qui nous accompagnera, les autres expatriés et moi, durant nos excursions.

Je pars ensuite pour l'école et je passe le reste de la journée à angoisser. Est-ce que je serai choisie ? Est-ce qu'un Français aura envie de découvrir Montréal au printemps ? Ce n'est pas la plus belle période de l'année : les rues se creusent de nids de poule et les trottoirs sont recouverts du sable qu'on a répandu pendant tout l'hiver. Quand je marche, ça fait crounch, crounch sous mes pieds. Sans compter qu'avec la neige qui fond, des sacs poubelle éventrés apparaissent à tous les coins de rue. Et puis, une journée, il pleut, le lendemain, il neige, et le jour suivant, il verglace !

Moi, au printemps, je ne sais jamais comment m'habiller !

Si j'étais Française, je choisirais une destination plus exotique. Tahiti, par exemple. Oui, plus j'y pense, plus j'en suis convaincue : je risque bien de rester ici…

Chapitre 3

LUNDI 23 MARS 1998

TEMPÉRATURE EXTÉRIEURE :

2 °C, avec un beau soleil

Dans mon **baladeur** :
Wannabe, des Spice Girls

Ce midi, je manque de m'étouffer avec mon sandwich quand Justine nous annonce qu'elle n'est plus en couple avec Éric. Ces deux passionnés de sport formaient un si beau couple ! Éric pratique le patinage de vitesse sur courte piste.

— Vous vous êtes disputés ?

— Non, Lili. Pour ça, il aurait fallu être ensemble plus longtemps qu'un quart d'heure! Et ce n'était pas le cas. Vous me connaissez, les filles, je suis toujours à la piscine. Éric, lui, passe son temps sur une patinoire. On n'avait plus le temps de se voir. C'est mieux comme ça.

Vous voyez ? C'est comme moi avec le théâtre !

— C'est déjà compliqué de se trouver un amoureux, soupire Amélie, mais ça l'est tout autant de le garder.

— Les garçons sont tellement immatures! peste Rosalie. Ils me découragent! Savez-vous ce qu'a fait Carl-Alexandre Bonneau, l'autre jour ? Il a tiré sur l'élastique du soutien-gorge d'Annie Tremblay. CLAC ! Après, il s'est sauvé en riant.

— Mais... pourquoi il a fait ça ? interroge Amélie.

— Je ne sais pas, mais à mon avis, c'est du harcèlement, souligne Justine.

Rosalie secoue la tête.

— Ça me rappelle la fois où un gars avait frôlé mes fesses « par accident » pendant que j'étais penchée devant mon casier. Je n'ai jamais eu le temps de voir qui c'était. Heureusement pour lui, parce que je lui aurais cassé les dents !

— Avez-vous remarqué, dis-je, que les garçons de notre âge sont incapables de faire des phrases de plus de cinq mots ? Ça se résume souvent à « Je ne sais pas », « Si tu veux » ou « Ça ne me dérange pas ».

— Trop vrai, Lili.

Bon, je suis un peu injuste. Tous les garçons ne sont pas comme ça. Certains sont même très volubiles. Il suffit d'aborder un sujet qui les intéresse. Grosso modo, les garçons que je connais veulent savoir trois choses :

1. Est-ce que je m'y connais en hockey ?

Si je réponds non (ce qui est la vérité), ils vont préférer aller parler avec quelqu'un d'autre. Mais si je dis oui, je m'avance sur une pente glissante, car cette question en cache plein d'autres. Par exemple, est-ce que je pense que les Red Wings vont gagner la Coupe Stanley comme l'an dernier ? (Ils évoluent dans quelle ville, déjà ?) Combien de francophones ont joué avec l'équipe cette année ? (Mon père me dit quatorze.) Et Saku Koivu va-t-il faire partie un jour du premier trio des Canadiens de Montréal ? (Aucune idée !)

2. Côté musique, est-ce que je préfère l'album *From the Muddy Banks of the Wishkah*, de Nirvana, ou le disque *Dust*, du groupe *Screaming Trees* ?

Réponse facile : allez voir Rosalie, elle est célibataire et elle adore le grunge. Prochaine question ?

3. À quoi ressemblent mes seins ?

Ça, c'est LA question que tous les garçons se posent sur toutes les filles. Je soupçonne qu'ils voudraient comparer ce qu'il y a sous nos pulls avec ces femmes qui posent nues dans des revues qu'ils n'ont pas le droit de s'acheter. Ri-di-cu-le. Je pourrais aligner cent filles *topless*, elles auraient toutes des poitrines différentes. Vive la diversité ! Et si vous voulez savoir, mes seins sont plus petits que ceux de Justine, mais plus volumineux que ceux d'Amélie. Ben oui, il nous arrive de nous comparer, du coin de l'œil, quand nous nous changeons après les cours d'éducation physique. Quant à Rosalie, on dirait que les siens n'ont pas encore poussé. Qu'est-ce que ça change ? Est-ce que ça la rend moins jolie ou moins intelligente ? Sûrement pas !

Après le repas, je me rends avec ma mère à une séance d'information sur le programme d'échange. Une trentaine de curieux se sont déplacés. C'est étonnant : je m'attendais à trouver l'auditorium de l'école bondé. Je suppose que ce ne sont pas tous les parents qui acceptent que leurs enfants partent à l'étranger pendant trois semaines.

Une dame monte sur scène.

— Bonsoir à toutes et à tous, mon nom est Cynthia Lachance, je suis la responsable du Programme ECF pour la région montréalaise. Merci de vous être déplacés un soir de semaine. J'espère que vous avez pensé à enregistrer *Virginie*.

Quelques rires fusent, ici et là.

— Au cours des prochains jours, un comité va jumeler les candidatures de vos adolescents à celles d'autres jeunes qui ont manifesté le désir de découvrir notre métropole. Dès qu'une paire sera formée, les familles pourront échanger leurs coordonnées.

La dame replace une mèche de ses cheveux blonds, jette un coup d'œil à ses notes et reprend ses explications.

— L'expérience que vous allez vivre suppose une grande autonomie de votre part, jeunes voyageurs. Vous prendrez l'avion seuls – ou le train pour ceux qui auront choisi de visiter une province canadienne. Votre présence sera requise en classe tous les jours, et vos parents ne seront pas là pour vous tirer du lit ! Vous devrez faire preuve de discipline. Je vous rappelle aussi qu'à la fin de votre séjour, vous devrez nous remettre votre journal de bord. Alors, suivez mon conseil et notez au fur et à mesure vos impressions de voyage.

Madame Lachance ajoute ensuite à l'intention des parents :

— Soyez rassurés, vos enfants ne seront pas laissés à eux-mêmes. Ils pourront compter sur leur famille d'accueil, bien entendu, mais aussi sur une ligne téléphonique d'urgence - vous trouverez le numéro dans la documentation que la commission scolaire vous a remise.

J'étouffe un éclat de rire. Une ligne d'urgence ? Ce n'est pas comme si j'allais escalader le mont Kilimandjaro ! Je vais seulement me rendre à l'école et visiter des églises !

— Finalement, votre adolescent prendra part, avec d'autres jeunes francophones, à différentes activités culturelles, sous la supervision d'un guide certifié.

C'est ce que je disais.

— Tu vas te faire plein de nouveaux amis ! me glisse ma mère à l'oreille.

— J'espère que je ne vais pas tomber sur une bande de bizarroïdes…

Madame Lachance descend de scène et nous remet des documents à compléter avant de partir : formulaire d'assurances, déclaration d'allergies, etc.

— Tu ne pensais pas reprendre l'avion si rapidement, n'est-ce pas ? me glisse maman sur le chemin du retour.

— C'est vrai. Vous êtes vraiment cool, papa et toi.

Elle m'adresse un sourire complice.

— En grandissant, tu obtiens plus de liberté, mais tu as plus de responsabilités aussi. La pression est maintenant sur tes épaules. C'est à toi de te montrer digne de notre confiance.

Je ne sais pas quoi répondre à ça. Après un long silence, maman ajoute :

— Je suis quand même anxieuse. Ces deux dernières années, il y a eu des attentats dans plusieurs gares françaises. Es-tu certaine qu'aucune autre destination ne t'intéresse ?

— Non, maman, tu le sais bien. De toute façon, j'ai déjà posté mes choix. Et puis, je pourrais me faire écraser en traversant la rue. Malgré ce risque, je sors de la maison tous les jours.

— Tu as raison, c'est juste que…

— Allez, ne te tracasse pas avec ce que tu ne contrôles pas.

Ma mère me lance un regard étonné.

— On dirait que c'est toi, la plus sage de nous deux, aujourd'hui…

Comme nous arrivons non loin de la maison, je demande :

Chapitre 3

— Tu penses que Ben est jaloux que je parte sans lui ? Il ne me parle plus.

— Ses taquineries te manquent-elles ?

— Non, mais...

— Ne t'en fais pas pour lui, on va faire plein de trucs amusants pendant ton absence, il n'aura pas le temps de s'ennuyer.

Cela me rassure un peu. J'ai toutefois le sentiment que mon frère va vite regretter d'avoir toute l'attention parentale. À mon retour, il lui faudra des vacances !

Chapitre 4

VENDREDI 3 AVRIL 1998

TEMPÉRATURE EXTÉRIEURE :

4 °C

Le camp d'entraînement
de mes parents commence !

Deux semaines se sont écoulées depuis mon inscription au programme d'échange, et je ne sais toujours pas où j'irai en voyage. Sans confirmation, je ne peux même pas acheter mon billet d'avion. Cette attente est un véritable supplice ! Pourquoi est-ce si long ? Est-ce que ma lettre s'est perdue ? L'enveloppe pourrait-elle être collée au fond de la boîte aux lettres ? À moins que personne ne veuille être jumelé avec moi ?

Je rumine maintenant ces questions jour et nuit ! En classe, je suis tout le temps dans la lune, je ne retiens plus qu'un mot sur deux. J'ai même oublié mes répliques de *Roméo et Juliette*, la pièce de théâtre que nous préparons pour la fin de l'année. Il faut que je me ressaisisse, sinon la souris dans ma tête va faire un *burn-out.*

Un petit palmarès me semble de mise.

5 choses que j'aime au printemps

1. Redécouvrir mes vêtements de saison (et réaliser que la plupart ne me vont plus).
2. Aller faire les magasins avec mes amies (parce que plus rien ne me va).
3. Troquer bottes et manteau d'hiver pour des vêtements plus légers.

Chapitre 4

4 Sentir la chaleur réconfortante du soleil sur mon visage.

5 Compter le nombre de jours qu'il reste avant les vacances scolaires.

En fin de journée, la réponse du programme ECF me parvient sous courrier recommandé. Enfin ! Je suis tellement fébrile que l'enveloppe me glisse entre les doigts quand j'essaie de l'ouvrir.

— Ouiiii ! Je vais à Paris !

Je cours partout dans la maison en brandissant la lettre de confirmation comme si c'était une torche olympique.

Je serai jumelée avec une certaine Sandrine Pontcharra. Drôle de nom ! J'espère que nous nous entendrons bien, car nous devrons passer six semaines ensemble : trois à Paris, puis trois ici, quand elle viendra s'installer chez nous. Si elle a choisi de venir à Montréal, nous avons forcément des affinités. Enfin, j'espère.

À l'heure du dîner, mon père décide de procéder à mon « éducation culturelle » en faisant passer une sélection de « tubes » (des chansons à succès) qui tournent, selon lui, dans les radios de l'Hexagone (c'est le surnom donné à la France parce que ses frontières rappellent un peu cette forme géométrique).

Que Rosalie me grave des chansons pour me remonter le moral, comme elle l'a fait après ma rupture avec Max, c'est une chose. Mais que mon père s'y mette aussi, c'en est une autre... Je ne suis pas convaincue du résultat ! Je sais bien que la musique est sa grande passion, il l'enseigne tous les jours, mais en général, ce qu'il écoute ne correspond pas à mes goûts. (Bon, pour être totalement honnête, je pourrais dire la même chose de Rosalie.)

Entre deux bouchées de lasagne, papa nous apprend que le *hit* du moment en France est le même qu'ici : *Pour que tu m'aimes encore*, de Céline Dion. Le reste de sa sélection est plutôt surprenant. Je n'avais jamais entendu *Tic, tic tac* du groupe brésilien Carrapicho. Tous les styles musicaux sont représentés dans sa sélection. Nous avons même droit, au moment du dessert, à une chanson d'opéra !

Mais ce concert n'est rien en comparaison de ce qui m'attend après avoir lavé la vaisselle.

— Lili-Rose, c'est l'heure du film !

C'est notre tradition familiale. Le vendredi soir, nous enfilons nos pyjamas et regardons un film tous les quatre ensemble. Nous en avons une belle collection à la maison, que papa a classée par ordre alphabétique. (Et il pique une colère noire si nous semons le désordre dans son organisation.)

Souvent, quand vient le moment de choisir ce que nous allons visionner, la dispute commence. Benjamin regarderait *Star Wars* chaque semaine. Il connaît les répliques des trois films de la saga par cœur. Moi aussi, j'aime les films de science-fiction, mais ma préférence va aux comédies musicales, un genre qui ne plaît pas du tout à mon frère !

Quand nous n'arrivons pas à nous entendre, nos parents nous proposent d'aller louer un film au vidéoclub. Et là, ce sont eux qui choisissent ce que nous allons regarder – souvent une vieillerie qu'ils ont aimée du temps où ils commençaient à sortir ensemble. Alors, quand papa m'apprend qu'il est allé

Chapitre 4

faire un tour à La boîte noire, je ne suis pas trop enthousiaste.

— Installe-toi, j'ai loué plusieurs classiques du cinéma français.

— Plusieurs ?!

Je prends place avec réticence aux côtés de ma mère dans le fauteuil pêche (quelle couleur affreuse !), tandis que papa s'installe avec Benjamin dans le turquoise (tout aussi laid). Je m'attends à un film historique ou à un drame déchirant, mais mon père me connaît bien. Pour me faire plaisir, il a loué *Les parapluies de Cherbourg*, une célèbre comédie musicale ! Trop chouette !

— Je n'ai pas envie de voir ça ! s'écrie Benjamin dès que les acteurs se mettent à chanter.

— Tais-toi donc, gros bébé ! dis-je d'un ton menaçant.

Ben tente aussitôt d'enterrer Catherine Deneuve.

— La ! La ! La ! Oh ! Hé ! Oh ! Hé !

Avant que le conflit dégénère, maman promet à Benjamin qu'il pourra choisir le film que nous louerons vendredi prochain. Mon frère passe le reste de la soirée à lire des bandes dessinées en ne jetant qu'un coup d'œil peu intéressé à ce vieux film de 1964.

MON TOP 5 DES MEILLEURS FILMS CHANTANTS

1. *Mary Poppins* (1964)
2. *Annie* (1982)
3. *La Mélodie du bonheur* (1965)
4. *Le Magicien d'Oz* (1939)
5. *Grease* (1978)

Chapitre 4

J'ai vu *Grease* en cachette chez Rosalie, car ma mère l'avait mis à l'index. Elle dit que les acteurs y fument beaucoup. Elle craint que ça m'influence. Ri-di-cule ! Mon grand-père est décédé des suites d'un cancer du poumon, il n'est pas question que je le suive sur ce sombre chemin. Rien que d'imaginer mes poumons roses teintés de gris, j'en ai le cœur à l'envers. J'ai déjà expliqué à maman qu'une cigarette, c'est un accessoire qui permet à un acteur de se donner un genre ou de témoigner d'une réalité historique. Par exemple, autrefois, les gens pensaient même que la cigarette était un remède efficace contre l'asthme et les maladies pulmonaires ! Mais elle ne veut rien entendre de mes arguments. Sur ce sujet, elle est aussi bornée que peut l'être mon père.

Elle devrait davantage s'inquiéter du fumoir qui a été aménagé à l'école. C'est un local mal aéré où les profs et les élèvent vont griller une cigarette durant les pauses. Un nuage gris y plane en permanence. Dégueulasse. Le pire, c'est qu'il faut traverser cet endroit nauséabond (en retenant son souffle) pour se rendre au local de la radio étudiante. Beurk !

Depuis que je suis adolescente, chaque fois qu'on m'a offert une cigarette, j'ai eu une pensée pour mon grand-père, et ça a suffi à éloigner la tentation. Bien sûr, en disant non, je me fais juger. Mais d'autres me condamneraient aussi si je disais oui ! Alors, autant m'en tenir à mes convictions et rester en bonne santé.

Le lendemain après-midi, papa poursuit mon éducation cinématographique en me proposant de regarder *Les aventures de Rabbi Jacob*, une comédie de 1973 mettant en vedette Louis de Funès.

Chapitre 4

— J'avais d'autres plans, moi ! Je voulais aller au centre commercial avec mes amies !

— Ne t'en fais pas pour ça, j'ai invité tes copines à la maison. Elles devraient arriver d'une minute à l'autre.

— Quoi ? TU as invité MES amies ?

La honte.

— Ce sera plus sympathique de se faire un marathon de films en bonne compagnie.

Je retiens difficilement un cri de rage. Mon père est bien intentionné, mais là, il en fait un peu trop ! Je m'empare du téléphone pour avertir mes amies de ne pas venir. Trop tard ! Ça sonne à la porte ! Je vais ouvrir en grognant.

Amélie a apporté des chips, et Rosalie, des bonbons. Moi, je n'ai que de plates excuses à leur offrir. Mon père a parfois de ces lubies !... Heureusement, mes copines se montrent compréhensives. L'important, me disent-elles, c'est de passer du temps ensemble.

— On ira faire du shopping demain, assure Rosalie.

— Moi, j'aurais bien besoin de rire, ajoute Amélie en lisant le dos de la cassette VHS.

Elle s'est encore disputée avec son copain. Ils sont ensemble depuis vingt-deux jours et c'est leur vingt-deuxième dispute.

À l'écran, Louis de Funès multiplie les mimiques comiques. C'est le genre d'humour auquel Jim Carrey nous a habituées, alors même si le film n'est plus tout jeune et que la cassette est très usée, nous passons un bon moment.

Maman propose ensuite à mes amies de rester dîner. Je surprends le regard indécis qu'elles s'échangent. De toute évidence, Amélie et Rosalie craignent de se taper un autre film français après le dessert. Par solidarité, elles acceptent quand même l'invitation. Le repas se déroule dans la bonne humeur. Nous nous partageons des pizzas hawaïennes et des muffins au chocolat. Miam ! Une fois le lave-vaisselle rempli, papa nous convie à nouveau au salon.

— Je vous propose maintenant une histoire rocambolesque avec Pierre Richard et Gérard Depardieu. Vous allez rire, je vous le promets. *Les fugitifs* est un classique.

Amélie et moi pouffons de rire à plusieurs reprises, mais c'est surtout en raison des coupes de cheveux des acteurs. Rosalie s'endort à la moitié du film, et maman passe une partie du film à parler au téléphone avec une amie.

Tandis que papa rembobine la cassette, je raccompagne mes amies à la porte.

— On se sauve avant qu'il nous propose de regarder un autre film ! me lance Rosalie avec un clin d'œil.

— Merci, les filles ! Sans vous, la soirée aurait été clairement plus pénible.

— On s'appelle demain, on ira faire un tour au centre commercial !

Je referme la porte en souriant. Ça fait seulement cinq ans que les commerces peuvent ouvrir leurs portes le dimanche. Avant, c'était interdit, sauf pour les supérettes. C'est toujours là que nous nous retrouvions, mes amies et moi. Nous échangions notre argent de poche contre des chewing-gums, des réglisses et d'autres bonbons. Benjamin, lui, préférait acheter des cartes de hockey et des avions en polystyrène. Nous pouvions passer facilement une heure à choisir nos trésors, au grand dam du propriétaire qui, lui, avait hâte de nous voir partir.

Mon père n'est pas le seul qui se soucie que je m'intègre à ma famille d'accueil. Depuis quelques jours, maman essaie de familiariser mon palais à de nouvelles saveurs. Elle a même emprunté des livres de recettes à la bibliothèque municipale ! À l'exception des pizzas hawaïennes, elle ne cuisine plus que des mets typiques de la gastronomie française. J'ai noté mes préférés :

Tartiflette

Gratin dauphinois

Blanquette de veau

Bouillabaisse

Quiche lorraine

Maman me donne aussi un coup de main pour préparer ma valise. Il est difficile de prédire le temps qu'il fera en avril à Paris, alors, par précaution, j'emporte plusieurs pulls chauds, des jeans et mon imperméable jaune canari. J'aime bien porter des couleurs flashy ! Je prends aussi les débardeurs que maman m'a achetés à l'aéroport d'Orlando, plusieurs sous-vêtements, trois pyjamas et mes baskets favorites. Je partirai avec mes bottes courtes ;

elles sont confortables et elles me protégeront aussi bien de la pluie que du froid.

Évidemment, je n'ai pas prévu une tenue différente pour chaque jour, il m'aurait fallu trois malles ! Je devrai faire la lessive sur place et redoubler d'attention pour ne pas me tacher en mangeant. Mais ça, c'est presque une mission impossible. Mes vêtements sont un véritable aimant pour la nourriture, qui bondit continuellement hors de ma fourchette !

Hum… Tout compte fait, je vais mettre deux autres pulls dans ma valise…

Chapitre 5

VENDREDI 10 AVRIL 1998

TEMPÉRATURE EXTÉRIEURE :

11 °C, journée ensoleillée

Demain, je m'envole pour Paris !!!

Ce soir, j'ai rendez-vous avec madame Aubry pour ma leçon d'art dramatique. Je n'ai pas trop envie d'y aller, car même si mon corps est encore à Montréal, ma tête est déjà à Paris. Mais maman insiste pour que j'honore mon engagement.

— Lili-Rose, elle a probablement passé la journée à te préparer des exercices. Comment réagirais-tu si tu organisais une fête pour

Justine et qu'elle ne se pointait pas ?

– Justine ne refuserait jamais d'aller à une fête !

– Exactement. Alors, fais comme elle.

Le piège était gros comme ça et je suis tombée dedans.

Je me rends à mon cours à reculons, mais une fois sur place, je me donne à fond. Madame Aubry a écrit différentes émotions sur de petits cartons. Elle me les montre à tour de rôle, et moi, j'essaie d'exprimer de mon mieux la tristesse, le dégoût, la joie, la peur, l'envie. Je ressors de cette séance totalement épuisée, mais satisfaite de ma performance.

Chapitre 5

Je rentre juste à temps pour le film en famille. Benjamin a loué *Le Bossu de Notre-Dame*, un dessin animé de Disney sorti au grand écran il y a deux ans et que je n'avais pas encore vu. Je pense que c'est sa manière à lui de me souhaiter bon voyage.

À l'époque, je boudais tout ce qui me paraissait un peu bébé, à commencer par les dessins animés. Mais j'ai récemment réalisé que je peux continuer de collectionner les peluches, de lire des bandes dessinées ou de manger des oursons en gélatine si le cœur m'en dit. Je m'intéresse à plein d'autres choses en grandissant, mais ça ne veut pas dire que je dois renier tout ce que j'ai toujours aimé.

Malheureusement, le film est plutôt ennuyeux et, entre deux chansons, je vais me chercher un grand verre de lait avec des biscuits à l'érable.

Papa a collé sur le frigo l'horaire de la journée de demain.

HORAIRE DE DEMAIN
(planifié par papa)

Boucler la valise	15 h
Dernier repas en famille	15 h 30
En route pour l'aéroport	16 h 15
Départ de l'avion	19 h 35
Atterrissage	8 h 15 (heure de Paris)

Je vais voler toute la nuit au-dessus de l'océan Atlantique et me poser le dimanche matin à l'aéroport Charles de Gaulle. C'est fou !

Je suis vraiment reconnaissante envers mes parents de me permettre de vivre cette aventure. Depuis quelques jours, je le leur montre en évitant de rouspéter quand vient le moment de vider le lave-vaisselle. Je passe même l'aspirateur sans qu'on me le demande. Je ne me reconnais plus !

Vers vingt et une heures, Justine m'appelle.

— Tu viens ? Il ne manque que toi !

J'entends de la musique et des éclats de voix.

— Tu fais une fête ou quoi ?

— Voyons, Lili, Rosalie ne t'a pas appelée ? Elle ne t'a pas parlé de la fête que j'organise pour ton départ ?

— On dirait bien que non !

— Rosaliiie !

Je ne l'écoute pas réprimander notre amie. Je raccroche sur-le-champ et vais me changer en vitesse.

— Elles sont au sous-sol, m'indique la mère de Justine quand je pointe le bout de mon nez chez mon amie, quinze minutes plus tard.

L'endroit est plein à craquer. Justine a invité des membres de ma troupe de théâtre, des garçons qui nagent avec elle le samedi et d'autres personnes que je croise parfois à l'école, mais dont je ne connais pas les noms. Rosalie s'est improvisée DJ, elle fait passer un rythme hip-hop qui donne envie de se déhancher.

Je retrouve mes copines sur la piste de danse. Nous n'en décollons pas de toute la soirée. Je suis vite trempée de sueur tellement je me démène! Je remarque que les garçons restent dans leur coin, près du buffet que la mère de Justine a préparé. Aucun ne vient danser avec nous. J'imagine que ça ne doit pas être facile d'aborder une fille quand ses copines font rempart autour d'elle. De toute façon, moi, ça me convient très bien.

Peu après minuit, Rosalie change le registre musical pour une ambiance plus feutrée. Amélie et son amoureux commencent à danser collés. Ils ne se sont pas disputés de la soirée, c'est quelque chose. Justine et son ex les rejoignent. Peut-être que leurs cœurs brisés vont se recoller ?

Après une dernière danse, les gens commencent à s'en aller. Il ne reste bientôt plus que notre inséparable quatuor. La mère de Justine nous apporte des sacs de couchage et des oreillers.

— J'ai prévenu vos parents que vous alliez dormir ici.

— Super chouette !

— Cool !

— Merci, madame Allard !

Trop de soda coule dans nos veines, nous n'avons vraiment pas sommeil. Justine ouvre sa trousse de maquillage et en tire une demi-douzaine de bouteilles de vernis.

— C'est l'heure de se faire les ongles !

— Qui veut une tresse ? ajoute Amélie, en s'emparant d'une brosse à cheveux.

J'éclate de rire. Il n'y a qu'à moi qu'elle peut faire ce genre de coiffure. Rosalie a des cheveux noirs coupés à la garçonne, très court. Amélie est une brunette plutôt classique, comme sa garde-robe. Ses cheveux s'arrêtent en bas de ses oreilles.

Chapitre 5

Quant à Justine, l'éternelle sportive, ses cheveux tirent sur le roux, et elle arrive à peine à les nouer en queue de cheval. Moi ? On me dit souvent que j'ai de beaux cheveux (ils sont blond cendré), mais je les trouve ternes.

TOP 5 DES CHEVEUX QUE J'AIMERAIS AVOIR

1. Cuivrés
2. Bruns et bouclés
3. Châtains et courts
4. Noirs et longs jusqu'au bas des fesses
5. Coiffure à la princesse Leia

Je blague, je ne veux pas vraiment de boudins comme Leia. J'aimerais changer de couleur de temps en temps, mais maman refuse que j'abîme mes cheveux avec des produits vendus en pharmacie, et une vraie transformation en salon, c'est assez cher. Je ne vais habituellement chez la coiffeuse que pour faire couper mes pointes.

— Tu as hâte de partir ? me demande Rosalie.

— Oui, c'est sûr ! Mais je sais que vous allez me manquer, les filles !

Ces trois-là sont pratiquement une deuxième famille pour moi. J'ai joué plus souvent avec elles qu'avec mon propre frère et partagé plus de secrets avec elles qu'avec mes parents.

— J'essaierai de me brancher sur un site de chat pour vous donner des nouvelles. En France, ils connaissent sûrement Internet ?

Chapitre 6

SAMEDI 11 AVRIL 1998

TEMPÉRATURE EXTÉRIEURE :

14 °C

Dans mon baladeur : *Voyage, voyage*, une vieille chanson de Desireless

Je suis fin prête. Même archi-prête. Depuis ce matin, j'ai ouvert ma valise trois fois pour en vérifier le contenu et m'assurer qu'il n'y manque rien. Il faut dire aussi que je me méfie un peu de Benjamin. Il serait du genre à me jouer un mauvais tour, comme cacher un trognon de pomme dans la poche d'un sweat. Après ça, tous mes vêtements sentiraient la poubelle. Mieux vaut être prudente.

J'inspecte aussi plusieurs fois le sac à dos qui m'accompagnera en cabine. Tout y est : l'appareil photo de mes parents et trois rouleaux de film, mon passeport, mon argent de poche, du chewing-gum, un roman qu'Amélie m'a suggéré de lire, mon baladeur, quelques CD et, bien sûr, mon précieux calepin à l'effigie des Backstreet Boys, dans lequel je note mes palmarès. J'ai aussi glissé dans une pochette les coordonnées du responsable du programme pour la région parisienne, Émile Perpignan. Sous son nom, j'ai noté le numéro d'urgence dont nous a parlé madame Lachance et l'adresse de ma famille d'accueil.

Je ne vois pas ce que je pourrais faire de plus, à part avancer les aiguilles de l'horloge pour qu'il soit déjà l'heure de partir.

J'ai hâte de rencontrer Sandrine Pontcharra. Sa fiche technique indique qu'elle a quinze ans (six mois de plus que moi), que son père exerce le métier de facteur et que sa mère est cuisinière. Ils ne demeurent pas au cœur de Paris, comme je l'aurais souhaité, mais en banlieue. Ce n'est pas grave, je suis persuadée que j'aurai plusieurs occasions de visiter la Ville Lumière. Moi non plus, je n'habite pas le centre-ville de Montréal, mais j'ai bien l'intention d'y emmener Sandrine quand elle viendra au Québec.

C'est étrange de dîner au milieu de l'après-midi. Pour ce dernier repas en famille, maman a rangé ses livres de recettes françaises et préparé mon plat préféré : des macaronis au fromage saupoudrés de miettes de bacon ! Si je le pouvais, j'emporterais un thermos de *mac'n cheese* avec moi !

Après avoir englouti mon assiette, je monte dans ma chambre chercher ma valise et mon sac à dos. Je m'assure ensuite que mon père sait quel trajet emprunter. Je n'ai pas envie que nous nous retrouvions dans un champ de maïs comme la dernière fois.

— Ne t'en fais pas, ma puce, le tracé est gravé là, m'explique-t-il en se tapotant la tête.

Comme je n'ai pas l'air rassurée, il ajoute :

— On part avec suffisamment d'avance pour que tu ne rates pas ton vol, tout va bien se passer, c'est promis.

Des cônes orange nous obligent à faire un léger détour, mais nous rejoignons le terminal de l'aéroport sans grande difficulté. En un rien de temps, ma valise est enregistrée.

C'est bientôt le moment de se dire au revoir. Papa me caresse l'épaule en répétant qu'il est fier de moi. Maman, elle, retient difficilement les larmes qui perlent au coin de ses yeux. Je détourne la tête pour ne pas devenir émotive moi aussi. En posant le regard sur mon frère, je remarque qu'il a l'air triste, mais je ne me laisse pas attendrir.

— Benjamin, je te préviens : interdiction formelle d'entrer dans ma chambre pendant mon absence. Si tu fouilles dans mes tiroirs, je le saurai. Les filles, on a un instinct terrible pour ce genre de choses.

Du tac au tac, il réplique :

— T'es folle ? Je n'entrerais pas dans ta chambre même sous la menace d'un bazooka ! C'est une vraie jungle là-dedans, j'aurais trop peur de m'y perdre et de ne plus jamais en ressortir !

Je lui tire la langue ; il me rend ma grimace. Je me tourne ensuite vers mon père.

— Ça va, elle est bien astiquée maintenant, mon épaule, tu peux arrêter.

Papa étouffe un rire gêné et retire sa main.

Dans un haut-parleur, une voix annonce le début de l'embarquement pour Paris. C'est le moment de se quitter pour de vrai. Tandis que je m'éloigne, maman me lance ses dernières recommandations. Elle me les a tellement répétées que je les connais par cœur.

Sois polie avec les Pontcharra.

Ne parle pas aux étrangers.

Chapitre 6

Protège ton portefeuille.

N'oublie pas de nous appeler à ton arrivée.

De loin, j'adresse à ma famille un dernier geste de la main. J'ai l'estomac sens dessus dessous, on dirait que je viens d'enchaîner trois fois de suite des montagnes russes.

Une fois dans l'avion, je repère mon siège, côté hublot. Je m'assois et je ferme les yeux une petite minute pour tenter de calmer la souris dans ma tête. J'entends la porte de l'appareil qui se referme. Il est maintenant trop tard pour rebrousser chemin. De toute façon, je n'en ai pas envie. Je veux relever ce défi. J'en suis capable, je le sais. C'est juste un peu (beaucoup !) stressant d'entreprendre cette aventure toute seule.

Quelqu'un vient s'asseoir à côté de moi. J'entrouvre les paupières. C'est une dame. Elle tire un roman de son sac à main et se plonge immédiatement dans sa lecture.

Les moteurs de l'appareil rugissent. L'avion va se positionner en bout de piste. Ma voisine réalise que personne n'occupera le siège à sa gauche ; elle se décale d'une place, nous laissant à toutes les deux un peu plus d'espace.

C'est parti ! L'avion prend de la vitesse ! Plaquée contre mon siège, je serre mes accoudoirs en mâchant frénétiquement du chewing-gum pour garder mes oreilles débouchées. J'ai le souffle court et le cœur au bord des lèvres. C'est un miracle que je ne renvoie pas mon dîner. Enfin, l'appareil vole vers Paris ! Hourra !

Cette traversée de l'Atlantique va durer presque aussi longtemps qu'une journée d'école. Incroyable, non ? Avec le décalage horaire, quand nous atterrirons, mon corps aura l'impression qu'il est deux heures du matin, alors qu'en réalité il sera déjà huit heures !

Si je veux tenir la forme, j'ai intérêt à dormir quelques heures. Mais ça, c'est plus facile à dire qu'à faire. La souris dans ma tête n'est pas du tout fatiguée, elle. Après tout, il n'est que vingt heures ; je ne me suis pas couchée si tôt depuis que j'ai dix ans !

Pour me changer les idées, j'amorce la lecture du roman qu'Amélie m'a prêté. C'est l'histoire d'une fille malmenée par son copain. Il lui promet des bijoux et de beaux vêtements contre du sexe. Beurk. Le salaud l'oblige même à coucher avec ses amis, et la pauvre fille ne sait pas comment se sortir des griffes de ce prédateur. Je referme le bouquin, dégoûtée. Qu'est-ce qu'Amélie peut bien aimer dans ce genre de lecture ? Moi, je préfère m'évader dans des mondes imaginaires.

J'attrape mon calepin et l'ouvre sur une page vierge. Mon père souhaite que j'apprenne au moins une chose durant ce voyage. Je peux sûrement faire mieux.

5 OBJECTIFS DE VOYAGE

1. Me faire une nouvelle amie.
2. Apprendre quelque chose sur l'histoire de Paris.
3. Goûter des saveurs inédites.
4. Découvrir de nouvelles expressions.
5. Revenir grandie de cette expérience.

Chapitre 6

Des écrans de télé s'allument. Le film Les Boys commence. Je l'ai vu en décembre dernier. Nous avions fait un compromis, mon ex et moi : si j'allais voir cette comédie avec lui, il m'accompagnerait ensuite à une séance de *Titanic*. Nous savons tous comment ça s'est terminé. Le navire et mon couple ont fait naufrage. Max planifiait-il déjà de me quitter quand je lui tenais la main dans le noir ? J'essaie de me rappeler son attitude ce soir-là, mais ça remonte déjà à plusieurs mois. De toute façon, c'est sans importance. Notre histoire est bel et bien terminée.

Même si ce film me rappelle de tristes souvenirs, les pitreries des hockeyeurs me font encore rire. Quand le générique se met à défiler, je réalise cependant qu'il me reste encore cinq heures à tuer. C'est looong !

Je décide de rouler en boule mon pull à capuche pour en faire un oreiller. La climatisation me fait aussitôt grelotter. Je remets donc mon sweat, mais du coup, je n'ai plus aucun appui pour ma tête. De toute façon, comment voulez-vous que je dorme dans un siège aussi inconfortable ? Même en empiétant sur l'espace entre ma voisine et moi, je n'arrive pas à étirer mes jambes !

Et puis dans ma tête tourbillonnent mille et une questions. Sandrine sera-t-elle à l'aéroport pour m'accueillir ? Comment la reconnaître ? Je n'ai même pas de photo d'elle ! Je m'énerve probablement pour rien. Je ne suis pas la seule à participer à ce programme d'échange. À l'aéroport, il y aura probablement des pancartes pour me guider.

Je retire mes chaussures et me blottis tant bien que mal sur mon siège en ramenant mes genoux vers ma poitrine. Au bout d'un moment, mes paupières s'alourdissent enfin…

DEUXIÈME PARTIE

Paris

Chapitre 7

DIMANCHE 12 AVRIL 1998

TEMPÉRATURE EXTÉRIEURE :
11 °C (il fait plus froid qu'à Montréal !)

Dans mon baladeur :
Destin, de Céline Dion

Quand l'avion se pose à l'aéroport Charles de Gaulle, je suis complètement ankylosée. Impatiente de me dégourdir les jambes, je rassemble rapidement mes affaires. J'ai peine à croire que je suis réellement à Paris ! Oh, Montréal est beau, je ne dis pas le contraire, mais à une autre époque, alors que ma ville à moi n'était qu'un poste de traite, Paris avait déjà une histoire millénaire ! C'est fou ! Combien de gens ont vécu ici ?

Combien d'artistes y ont trouvé l'inspiration ? Et maintenant, c'est à mon tour d'arpenter ses rues pavées et d'admirer ses célèbres monuments !

En déambulant dans le terminal de l'aéroport, je joue les habituées, mais en réalité, je ne sais pas où aller, alors je me laisse guider par les autres voyageurs. Après avoir récupéré ma valise, je me dirige vers les douaniers. Comme il y a plusieurs guichets, je choisis la file qui me paraît la moins longue. Ça n'avance quand même pas vite. La souris dans ma tête commence à s'énerver. Allez, monsieur ! Allez, madame ! Cessez de raconter vos vies ! Montrez vos papiers et avancez ! J'ai envie de faire pipi, moi !

Je consulte ma montre. Voilà déjà quarante minutes que mon avion a atterri. J'espère que Sandrine ne s'est pas lassée de m'attendre. Est-ce qu'elle se souvient que j'arrive aujourd'hui ? Oui, sûrement, elle ne peut pas m'avoir oubliée. Arrête de t'inquiéter pour rien, Lili-Rose !

Ah ! Enfin ! C'est mon tour de présenter mon passeport. La douanière n'a pas l'air commode, elle me jette un regard de faucon qui me fait sentir toute petite.

— Vous voyagez seule ?

— Oui.

— Quelles sont la raison et la durée de votre séjour ?

— Un échange étudiant. Trois semaines.

— Avez-vous de la nourriture dans vos bagages ?

Il reste bien une moitié de barre granola au fond de mon sac à dos, mais je doute que ce soit le genre de fraude qui l'intéresse. Ce n'est pas comme si j'essayais de faire entrer en douce des fruits exotiques dans le pays ! Alors, je réponds par la négative. La douanière feuillette mon passeport.

— Vous êtes Canadienne ? Je l'aurais parié à votre accent.

Soudain, son visage s'illumine.

— Et même Québécoiiise !

— Je ne peux rien vous cacher.

À part ma barre de céréales.

— Comment va Céline ?

— Je... Qui ça ?

— Bah, Céline Dion ! Allez, dites-moi tout sur elle !

J'ai brièvement l'impression que la dame se moque de moi, mais je comprends rapidement qu'à ses yeux, le Québec est si petit que tout le monde se connaît dans la province. Je décide de jouer le jeu.

— Céline ? Aux dernières nouvelles, elle pète le feu ! Ça marche en p'tit péché, ses affaires[2].

Le visage de la douanière trahit sa confusion. Elle n'a probablement rien compris à ce que je lui ai dit, et ça lui fait passer l'envie de me questionner davantage. Un coup de tampon plus tard, l'agente me souhaite un bon séjour.

Je me retrouve dans un grand hall bondé de voyageurs. Comment suis-je censée trouver ma famille d'accueil dans cette mer de gens ? J'intercepte un agent de sécurité qui patrouille en tenant en laisse un grand chien noir.

2) Ses affaires marchent vraiment bien.

— Pardon, monsieur, est-ce qu'il y a un espace désigné pour accueillir les participants au programme ECF ?

L'agent me détaille de la tête aux pieds pendant que son molosse renifle mon derrière.

— Je n'ai pas bien compris ce que vous désirez. D'où venez-vous pour avoir un tel accent ?

Je soupire.

— Je suis Québécoise et…

Le visage de l'homme affiche aussitôt un large sourire.

— Comment va Céline ?

— Je…

Chapitre 7

– Céline Dion ! Vous connaissez bien Céline Dion ?

– Pas personnellement, non.

– Et Paul Pellerin ? C'est un pote à moi qui a émigré au Canada il y a deux ans. Il habite à Saint-Jérôme. Allez, quoi, un grand gaillard, cheveux bruns, vous le connaissez forcément...

À la fois découragée et amusée par sa méconnaissance du Québec, je risque une réponse sarcastique.

– Vous savez, on est plus de sept millions de Québécois. Sur le lot, j'en connais bien une petite quarantaine, mais personne qui s'appelle Céline ou Paul. Et vous ? Parlez-moi de Gérard.

— Gérard ?

— Depardieu.

— Mais je ne l'ai jamais rencontré, lui !

— Eh bien voilà !

Je m'éloigne avant qu'il songe à ouvrir ma valise pour soumettre son contenu à la truffe de son chien.

Après avoir soulagé mon envie pressante, je me rappelle la promesse que j'ai faite à mes parents de les appeler dès mon arrivée. Je me dirige aussitôt vers une rangée de cabines téléphoniques. Papa m'a expliqué comment appeler outre-mer en PCV. Où ai-je mis ce bout de papier ? Ah ! Le voilà ! Et ça, c'est quoi ? Ah oui ! Mon écusson aux couleurs du programme d'échange ! Je l'épingle sur ma poitrine. Avec ça, Sandrine va me reconnaître, c'est certain !

Chapitre 7

Je tape une série de chiffres sur le clavier numérique. Une voix automatisée me demande de patienter. Maman devait se tenir tout près du téléphone, car elle décroche dès la première sonnerie.

— Alors, ma grande, quel temps fait-il à Paris ?

— Là, je suis encore dans le terminal de l'aéroport, mais le ciel est très nuageux, on dirait qu'il va pleuvoir.

Je ne peux pas croire que nous parlons météo, au prix que doit coûter un appel international. Maman aussi semble le réaliser, car elle enchaîne :

— Tu peux nous appeler à n'importe quelle heure, et il y a la ligne d'urgence, ne l'oublie pas. Et puis, tu pourras toujours compter sur les Pontcharra.

— Pour ça, il faudrait encore que je les trouve. J'ai beau chercher…

J'aperçois au même instant un homme à la peau d'ébène qui dépasse tout le monde de deux têtes. Il tient entre ses mains un carton sur lequel mon nom est écrit au feutre noir.

— Je dois y aller ! Bye, je t'aime !

Je raccroche et m'élance en direction du géant. Une fille se tient à ses côtés et elle porte le même écusson que moi.

— Serais-tu Sandrine Pontcharra ? Moi, c'est Lili-Rose Laframboise !

— Enchantée !

Je ne sais pas trop si je suis censée lui serrer la main. Je me contente d'un sourire, qu'elle me retourne. Son père, lui, ne se gêne pas pour déposer deux bises sonores sur mes joues.

— Bienvenue à Paris, Lili-Rose ! Moi, c'est Jean-Pascal, mais tu peux m'appeler Papa Ours, tout le monde le fait.

Je n'ai pas de difficulté à comprendre d'où lui vient ce surnom. Monsieur Pontcharra a une voix caverneuse, de larges épaules et des bras noueux. Il soulève ma lourde valise comme si elle était vide et nous précède d'un pas rapide vers la sortie. Des taxis sont alignés le long de la zone d'attente. Nous continuons de marcher jusqu'à un parking étagé.

— On a d'abord pensé venir te chercher en RER, me confie monsieur Pontcharra, mais avec tes bagages, ça n'aurait pas été l'idéal.

Je ne sais pas ce qu'est un RER et je n'ose pas le lui demander, de peur de passer pour une idiote. Voilà le genre d'info que papa aurait dû me fournir, au lieu de me faire écouter des chansons et regarder des films !

La voiture des Pontcharra est une Citroën Berlingo de couleur rouge sang. Je souris en voyant ce nom, qui me rappelle les petits cartons de lait qu'on nous distribuait en classe à l'école primaire.

— C'est le tout nouveau modèle ! annonce monsieur Pontcharra avec une note de fierté.

Il prend place derrière le volant, et Sandrine s'assoit à l'arrière avec moi. Tandis que la voiture quitte le parking, personne n'ose parler. C'est intimidant de rencontrer quelqu'un pour la première fois…

Chapitre 8

ENCORE DIMANCHE 12 AVRIL 1998

TEMPÉRATURE EXTÉRIEURE :

inchangée

Je me sens comme un enfant
le matin de Noël !

Monsieur Pontcharra quitte l'autoroute pour me faire découvrir la ville sous un angle plus intéressant. Sous mes yeux défilent des portes cochères, des fenêtres en médaillon et des façades ornées de gargouilles. Je repère plein de cafés, de bistros, de boulangeries, de bijouteries. Chaque immeuble semble avoir une histoire intéressante à raconter. Même les lampadaires sont beaux !

Puis, le paysage se transforme. Nous traversons une zone industrielle où se multiplient les enseignes d'ateliers mécaniques, de réparateurs d'aspirateurs et même de fast-foods américains.

Je m'aperçois alors que Sandrine m'épie du coin de l'œil. Bon ! Le malaise a assez duré ! Je brise le silence en lui faisant un compliment.

— J'adore tes baskets. J'ai les mêmes dans ma valise, mais elles sont blanches plutôt que noires.

— Merci ! Je les ai toujours aux pieds.

À notre âge, la mode, c'est important. Et super compliqué. Pour survivre au secondaire, il faut choisir les bons vêtements. Je l'ai appris à mes dépens dès ma rentrée scolaire. Ma marraine m'avait offert une magnifique veste en cuir percée de boutons argentés, comme celle que porte Danny Zuko dans *Grease.* Je la trouvais très cool. Pourtant, quand mes amies m'ont vue arriver avec cette veste sur les épaules, elles ont éclaté de rire et m'ont dit que je n'avais *pas le droit* de porter ça. Que ce n'était pas mon style. Et que je ne pouvais pas rester leur amie si je persistais à me prendre pour une rockeuse. J'ai tourné les talons pour cacher mes larmes et je suis rentrée à la maison en vitesse pour me changer. Je n'ai plus jamais porté cette maudite veste.

Heureusement, Sandrine semble privilégier comme moi le confort avant tout. Nous ne risquons pas de nous disputer là-dessus.

Je lui demande ensuite si elle regarde des séries américaines. Elle hoche la tête.

— Je ne manque pas un épisode de *Xena, la guerrière*.

Sandrine se contente des traductions, alors que je préfère les versions originales. Cela fait en sorte qu'elle a quelques saisons de retard sur moi, et je dois faire attention de ne pas lui dévoiler certaines péripéties.

Notre conversation bifurque vers la musique. Plusieurs artistes que j'aime tournent aussi en boucle dans le Discman de Sandrine, à commencer par Will Smith, un rappeur que nous avons découvert comme acteur avant de nous intéresser à ses compositions.

Sandrine enchaîne avec une autre question.

— Quel est ton Backstreet Boy favori ? Moi, c'est Nick Carter.

Tout le monde répond Nick.

Chapitre 8

— Il est sexy, mais mon membre préféré, c'est Kevin Richardson. Il a un regard mystérieux et il danse comme un dieu.

Papa Ours nous jette un regard oblique dans le rétroviseur.

— C'est amusant de vous écouter. Vous participez à un échange entre francophones, mais c'est l'anglais qui vous rapproche.

Nous éclatons de rire.

En jetant un coup d'œil par la fenêtre de ma portière, je réalise que le décor a encore changé. Nous sommes maintenant arrivés à la campagne. J'aperçois des arbres, une rivière et même des canards qui nagent en direction d'une petite île.

— On n'est plus à Paris ?

Monsieur Pontcharra secoue la tête en ricanant.

— Oui… et non. L'administration française aime bien compliquer les choses. Le village que nous traversons se nomme Le Port-Marly. C'est une vieille commune qui a vu défiler, jadis, les soldats de César. Elle est située dans le département des Yvelines, qui se trouve dans la grande région parisienne de l'Île-de-France.

Devant mon air hébété, Sandrine pouffe de rire. Elle m'explique :

— C'est tout simple, au fond. Quand une pierre tombe dans l'eau, elle crée des ondes de plus en plus larges à mesure qu'elles s'éloignent du point d'impact, tu es d'accord ? La ville de Paris s'est construite de la même manière. Il y a le centre historique, puis des arrondissements tout autour, et plus on s'éloigne, plus le panorama se transforme.

— En réalité, ajoute monsieur Pontcharra, nous ne sommes qu'à quelques minutes du cœur de Paris. J'ai fait des détours pour te faire découvrir quelques-uns des attraits de la région. Tiens, par exemple, voilà le château de Monte-Cristo, qui était la demeure d'Alexandre Dumas.

Comme la voiture ralentit, j'en profite pour admirer un vieux manoir entouré d'un muret de pierres. Dans le jardin sont installées des caméras de télévision et de grands projecteurs. Devinant la question qui me brûle les lèvres, le père de Sandrine m'explique :

— Des Anglais tournent actuellement un docufiction sur ce célèbre auteur.

Alexandre Dumas… Je connais ce nom, j'en suis certaine… Je fouille dans les tiroirs encombrés de ma mémoire… Ah ! J'y suis ! Alexandre Dumas, c'est l'auteur du roman Les Trois Mousquetaires !

Peu après, Sandrine me pointe du doigt une belle église qu'a offerte le roi Louis XVI aux habitants de la commune. J'essaie de calculer l'âge qu'elle doit avoir. La voiture bifurque à nouveau. Nous arrivons dans un quartier plus résidentiel.

— Ici, annonce Papa Ours, c'est Saint-Germain-en-Laye. Nous arrivons à destination.

Chapitre 8

Sur ma droite, j'aperçois un château, immense, qui surplombe toute la ville. Sandrine me dit que c'est là qu'est né le roi Louis XIV.

Je me retourne sur mon siège, tout simplement épatée. J'ai l'impression d'avoir voyagé dans le temps !

Est-ce que j'aurais aimé vivre à l'époque des grands rois de France ? D'un côté, j'aurais porté de jolies robes de bal et je me serais promenée en calèche. En plus, dans ce temps-là, personne ne se souciait de la pollution des océans ou des trous dans la couche d'ozone. Mais tout n'était pas rose non plus. Je sais qu'il y avait des guerres terribles et que la survie des gens dépendait des bonnes récoltes. Sans compter que ces grands rois ont fini par perdre leur tête. Non, tout compte fait, je crois que je préfère encore vivre en 1998.

Chapitre 9

ENCORE DIMANCHE 12 AVRIL 1998

(C'est une looongue journée !)

TEMPÉRATURE EXTÉRIEURE :

Plusieurs nuages dans le ciel.
Dans mon cœur aussi !

Sandrine habite rue de la République, dans un immeuble de trois étages dont le rez-de-chaussée est occupé par un pressing (un nettoyeur de vêtements). Les autres bâtiments qui courent le long de l'artère sont tous collés les uns contre les autres, et plusieurs abritent aussi des commerces au niveau de la rue. Après s'être garé près du trottoir, monsieur Pontcharra tire ma valise du coffre de la voiture.

— Tu vas maintenant rencontrer le reste de ma famille, annonce Sandrine avec un brin de nervosité. Attends-toi à un choc.

Je me demande bien ce qui m'attend là-haut. Sandrine me précède dans un long escalier étroit. Sur le palier, un chat tigré monte la garde. Sans hésiter, il vient se frotter contre mes mollets. Je me penche pour le gratter derrière l'oreille.

— Salut, toi.

La bête se met à ronronner.

— On dirait que Mistigri t'a déjà adoptée, souligne Sandrine. C'est bon signe ! D'habitude il fuit les étrangers. Ce chat de gouttière n'appartient à personne, mais il vient souvent nous rendre visite, car maman le gâte en lui donnant du poisson en conserve.

L'entrée du logement est encombrée de bottes, de parapluies, de chapeaux et de manteaux. Combien de personnes vivent ici ? Je ne m'étais jamais demandé si Sandrine avait des frères ou des sœurs.

— Notre logement occupe deux étages, m'explique-t-elle. Viens, je vais te le faire visiter.

Nous traversons d'abord un salon aux murs recouverts de papier peint. Les petites fleurs roses rappellent la couleur des deux sofas. Nous nous engageons ensuite dans le long corridor qui traverse l'appartement.

— Ici, ce sont les toilettes.

Trop curieuse, j'ouvre la porte. La pièce, minuscule, ne contient pas de lavabo, pas de rangement, rien que des toilettes avec une ampoule nue suspendue au plafond. Assez spécial.

Vient ensuite la chambre de monsieur et madame Pontcharra, puis la cuisine. Une femme toute menue est penchée sur une casserole d'où émane une délicieuse odeur d'oignons caramélisés.

— Voici ma mère, me glisse Sandrine.

La cuisinière se retourne, descend du marchepied sur lequel elle était juchée et vient me serrer la main. Wow ! Cette femme est vraiment petite ! Même Benjamin est plus grand qu'elle !

— Bonjour, Lili-Rose, me salue-t-elle d'une voix flûtée. Je suis contente de faire ta connaissance. Moi, c'est Corinne, mais on m'appelle le plus souvent Maman Louve.

— C'est parce qu'elle a un instinct terrible, confirme Sandrine. Maman sait toujours quand on lui raconte un bobard.

Maman Louve et Papa Ours. Les autres membres de la famille ont-ils, eux aussi, des noms de totem ? Et moi ? Si je devais m'identifier à un animal, lequel est-ce que je choisirais ? Un oiseau, peut-être ?

— Tu dois être affamée, me dit madame Pontcharra.

Mon estomac lui donne raison en émettant un bruit affreux. En souriant, la dame m'offre un verre de lait et des galettes au fromage. Je les déguste avec Sandrine dans la verrière qui prolonge la cuisine. Une grande table en bois s'y trouve, entourée d'une dizaine de chaises dépareillées, dont deux pour nourrissons.

— Vous recevez souvent de la visite ?

— Oui, tous les dimanches, me confirme Sandrine. Mais si on a autant de chaises, c'est surtout parce que j'ai quatre frères et trois sœurs.

Je manque d'avaler de travers ma bouchée de biscuit.

— Tu as bien entendu, rigole Sandrine. Nous sommes huit enfants, dont des jumelles de dix-huit mois !

— C'est… impressionnant ! Moi, je n'ai qu'un frère à supporter, et c'est bien suffisant !

En déposant ma vaisselle sale dans l'évier, je remarque que la machine à laver et le sèche-linge sont installés à côté du four. Ça aussi, c'est étrange !

Chapitre 9

— Tu n'as pas encore vu où tu vas dormir, me dit Sandrine. Suis-moi !

Au deuxième étage se trouvent quatre chambres, ainsi qu'une salle de bain que toute la famille partage, si je me fie au nombre de brosses à dents sur le bord du lavabo.

— Les jumelles, Clara et Eugénie, dorment ici, chuchote Sandrine en désignant une porte close.

Dans la chambre suivante se trouvent deux garçons âgés d'environ six et huit ans. Ils sont si absorbés par leur jeu vidéo qu'ils ne nous entendent pas entrer.

— Oh, les monstres ! Saluez notre invitée !

Les garçons lèvent vaguement une main dans notre direction sans quitter l'écran des yeux. Sandrine ressort en maugréant.

— Alix et Mathias n'ont le droit de jouer sur cette console que les dimanches, alors ils en profitent à fond.

— Ne t'en fais pas, mon frère Benjamin a onze ans, et lui aussi vit dans une bulle quand il a son Game Boy entre les mains.

— Onze ans ? Alors, il s'entendrait avec mes autres frères. Geoffroy et Étienne ont onze et treize ans. C'est leur tanière, ici.

J'ai l'impression d'être tombée sur deux partisans des Canadiens[3]. Tout est bleu,

3) Équipe de hockey sur glace de Montréal dont les couleurs sont le rouge, le bleu et le blanc.

blanc et rouge, des rideaux aux couvre-lits. Mais ce sont en réalité les couleurs d'un club de foot français.

— Tu ne connais probablement pas le PSG, souligne Sandrine, mais je t'assure que tu vas en entendre beaucoup parler !

Je pouffe de rire. Nous nous dirigeons finalement vers la quatrième chambre.

— Voilà la piaule que je partage avec ma grande sœur, Clémentine. Comme tu vois, c'est aussi ici que tu dormiras.

Deux lits se font face. Au-dessus du premier, des posters de Tom Cruise sont punaisés sur le mur. De l'autre côté sont accrochées des photos de stars que je ne reconnais pas. Entre les deux lits, une commode croule sous un bric-à-brac de jeux de société, de CD, de livres et d'accessoires pour les cheveux. Au pied du meuble, un lit de camp a été aménagé. C'est le genre de couchette qu'on voit à la télé, quand des sinistrés sont secourus par la Croix-Rouge. La perspective d'y faire du camping durant trois semaines me désarçonne complètement. J'ai tout à coup l'impression de manquer d'air. Ma vue se voile. J'ai chaud. Je vais mourir !

Je m'effondre sur le lit de fortune et penche la tête entre mes jambes. C'est trop, tout ça. Trop de noms à retenir, trop de changements, trop de choses à apprivoiser. Je veux rentrer chez moi et retrouver mon lit douillet !

Sandrine s'agenouille.

— Toi, ça ne va pas du tout, tu es blanche comme un linge.

Je n'ose pas la regarder ni lui répondre.

Chapitre 9

Sandrine tapote le lit de camp.

— Si c'est ça qui t'inquiète, t'en fais pas, tu ne dormiras pas là-dessus.

Je relève la tête, les yeux interrogateurs.

— Ce lit est pour moi, me confirme Sandrine. Toi, veinarde, tu dormiras dans MON lit. Maman a l'intention de te traiter avec les égards dus à une reine. Elle espère secrètement qu'en retour, ta mère sera aussi aux petits soins avec moi.

Je suis toujours incapable de prononcer un mot.

— Allons prendre un peu d'air.

Sandrine m'aide à me relever. Je la suis docilement dans une petite cour intérieure que se partagent les immeubles voisins. Des enfants sautent à l'élastique ou à la corde à sauter, d'autres se font des passes avec un ballon. Leur bonne humeur est contagieuse. Je me sens déjà un peu mieux.

— On est un peu à l'étroit là-haut, concède Sandrine.

— J'imagine qu'avoir autant de frères et de sœurs doit être un bonheur autant qu'un cauchemar...

— Tu ne crois pas si bien dire ! Te sens-tu capable de marcher ? Aimerais-tu découvrir le quartier ?

— D'accord.

Chapitre 9

Nous suivons un passage voûté entre deux bâtiments. Nos pas nous mènent sur une place publique où se côtoient boulanger, pâtissier, charcutier et fromager. Nous entrons dans un café et commandons des chocolats chauds. Rien de tel pour se remonter le moral !

— Tu veux t'installer en terrasse ou continuer la promenade ?

— Je suis curieuse de découvrir l'endroit où tu vis, continuons de marcher.

Ma crise d'angoisse est en train de passer. C'est normal que rien ne soit comme à la maison. Je vais m'adapter, j'en suis capable. *Go*, Lili-Rose !

Au-delà des toits colorés, j'aperçois à nouveau la silhouette du château qui abritait jadis la famille royale.

— On peut le visiter ?

Sandrine consulte sa montre.

— Aujourd'hui, on serait un peu juste. Mais je pense qu'on a le temps d'explorer les jardins. En plus, c'est gratuit !

Nos gobelets à la main, nous nous dirigeons vers le château, qui n'a rien à voir avec les fortifications médiévales que j'ai vues dans des livres illustrés. Ici, pas de pont-levis, de donjon ou d'oubliette. On dirait plutôt un hôtel cinq étoiles ! Les jardins débordent de fleurs magnifiques et d'arbres majestueux.

Une volée de marches nous mène sur une terrasse offrant une vue imprenable sur les ornementations florales. Au loin, j'aperçois les gratte-ciel de Paris. Le vent d'avril nous fait cependant frissonner, et nous redescendons rapidement de notre perchoir pour prendre le chemin du retour.

En France, on mange souvent tard. Il est presque vingt heures, et je n'ai pas encore dîné. Avant de passer à table, je monte à l'étage me laver les mains. Quand je redescends, je trouve la maison pleine de gens. Certains tiennent dans leurs mains des plateaux de fromages, d'autres, des corbeilles de pain. Le petit Alix m'aperçoit en haut des marches et me tend la main.

— Viens rencontrer le reste de la famille !

Le frère de Sandrine me présente tour à tour à ses cousins et cousines, tontons et tantines, papis et mamies. Je renonce rapidement à retenir tous leurs prénoms. Je retrouve Sandrine dans la cuisine où elle remue une cuillère en bois dans une grande soupière.

– C'est l'anniversaire de quelqu'un ?

Madame Pontcharra éclate de rire.

– Sandrine ne t'avait pas prévenue ? C'est comme ça tous les dimanches !

– Mais si, je lui ai dit qu'on aimait recevoir de la visite...

Les plus jeunes sont servis les premiers. Dès qu'ils ont terminé, de nouveaux couverts sont mis sur la table. Lors de la troisième tablée, je prends place entre Sandrine et son frère Étienne. Une assiette de bouillabaisse atterrit aussitôt sous mon nez. Hé ! Hé ! Grâce à ma mère, je sais quel goût ça a !

Entre deux bouchées, je réponds aux nombreuses questions qu'on me pose sur ma famille, ma ville, mon pays. Quelqu'un me demande ce que j'aimerais faire comme métier.

— Je veux devenir actrice !

Comme personne ne me connaît, je décide d'embellir un peu ma carrière naissante.

— J'ai déjà un impresario. Il m'a fait tourner dans plusieurs publicités et, à mon retour, trois contrats m'attendent pour jouer dans des films !

Sandrine paraît impressionnée. Je sais, je sais, ce n'est pas bien de mentir. Mais l'agent, c'est quand même vrai. Les publicités aussi. Enfin, *une* publicité.

Le repas se poursuit dans la bonne humeur. Après la bouillabaisse, on nous sert des coquilles Saint-Jacques, puis des plateaux de fromages sont déposés sur la table. Je n'ai jamais autant mangé de toute ma vie ! Vient ensuite le dessert. Madame Pontcharra sort du four des tartes aux pommes qui sentent tellement bon ! Pas le choix d'y goûter !

Il est presque minuit quand je sors enfin de table. Peu à peu, les invités s'éclipsent, et Sandrine, Clémentine et moi montons enfiler nos pyjamas.

— J'imagine que ta journée a été fertile en émotions, souligne Sandrine en baillant.

— Je suis épuisée ! Je n'ai pratiquement pas fermé l'œil depuis vendredi...

Je m'endors dès que je pose ma tête sur l'oreiller et je rêve d'un chat de gouttière assis sur un trône royal et de courtisans qui lui proposent des tartes aux souris.

Chapitre 10

LUNDI 13 AVRIL 1998

TEMPÉRATURE EXTÉRIEURE :

8 °C, ciel ensoleillé

Première journée de lycée
(j'angoisse !)

– Debout, paresseuse ! Tu vas être en retard pour ton premier jour d'école !

J'ouvre lentement les yeux. Il me faut quelques instants pour réaliser que je ne suis pas dans mon lit et que la personne qui me secoue l'épaule n'est pas ma mère.

– Ça va, Sandrine, je me lève…

Je retrouve Sandrine et sa sœur Clémentine attablées devant un copieux petit-déjeuner. Croissants, charcuterie, œufs durs, fruits frais… tout semble appétissant, mais…

— Vous avez encore faim ? Après tout ce qu'on a mangé hier soir ? dis-je, étonnée.

— Bienvenue chez les Pontcharra, me répond Sandrine en haussant les épaules.

— Là où on bouffe comme des ogres, complète Clémentine.

— Comme des rois, la corrige Maman Louve en m'apportant un bol de café au lait.

J'y trempe mes lèvres.

— Mmmm… Délicieux…

Chapitre 10

J'en prends immédiatement une autre gorgée avant d'ajouter :

— Les autres ne mangent pas avec nous ?

Sandrine me répond que les jumelles dorment encore, que ses frères commencent l'école plus tôt que nous et que son père est déjà parti au travail.

Je me laisse finalement tenter par une tartine à la confiture de figues que m'offre mon hôtesse. Elle me demande à quoi ressemblent habituellement mes petits-déjeuners. Je hausse les épaules.

— Les matins d'école, je suis souvent pressée, alors des toasts au beurre de cacahuètes et un jus d'orange font l'affaire. En passant, cette tartine, c'est un vrai bonheur…

Le visage de Maman Louve s'éclaire d'un large sourire. Elle m'explique qu'en France, le pain fait l'objet d'un culte presque religieux. Je lui donne raison en me beurrant une deuxième tranche. Avant la fin de mon séjour, j'aurai pris dix kilos, c'est certain.

Nous nous rendons au lycée en marchant, Clémentine, Sandrine et moi. L'air est frais, mais le soleil pointe ses rayons, et la journée promet d'être belle. Après avoir traversé la place du marché, nous empruntons une rue étroite et nous arrêtons devant une porte cochère.

— C'est ici !

Je m'attendais à trouver un endroit terne et froid, avec des fenêtres étroites et des murs de béton recouverts de graffitis, à l'image de mon école, mais ce lycée ne ressemble en rien à mon école secondaire. J'ai l'impression de me trouver dans un décor de théâtre : petite cour intérieure que surplombe une grande galerie, murs de briques jaunes, arches ouvragées, larges fenêtres : cette école est tout simplement inspirante !

Clémentine nous souhaite bonne journée et va retrouver ses copines de terminale. Sandrine, elle, est en deuxième, mais c'est sa première année de lycée. Honnêtement, je n'y comprends rien.

Mon amie me précède dans le bâtiment principal. Un immense portrait orne un mur du hall d'entrée.

— Qui est-ce ?

— Jean-Baptiste Poquelin. Le lycée porte son nom. Tu le connais sans doute mieux sous son nom de scène : Molière.

Je me frappe le front du plat de la main.

— Bien sûr ! Mon prof de théâtre nous a parlé de lui !

— Il a souvent joué dans ses propres pièces au château de Saint-Germain.

— Tu étudies donc comme moi les arts de la scène ?

Sandrine secoue la tête.

— Le nom du lycée n'a rien à voir avec mes études. Je fais sciences et technologies de la santé et du social. Je ne te l'avais pas dit ?

— Peut-être. Je suis encore sous l'effet du décalage horaire...

Chapitre 10

Sandrine m'explique que plusieurs parcours scolaires sont offerts dans cet établissement. Certains étudiants espèrent décrocher un diplôme professionnel en secrétariat, d'autres, en commerce, en coiffure ou dans la vente.

— La cloche va sonner, suis-moi.

Nous grimpons un grand escalier de marbre jusqu'au local de sciences sociales. Les larges fenêtres laissent entrer une belle lumière naturelle. Ça change des néons qui grésillent dans mes salles de cours. J'entends même les commerçants installer leur matériel sur la place du marché. Vraiment chouette !

Sandrine me présente à son professeur, monsieur Laurent. Je n'ose pas lui demander s'il s'agit de son prénom ou de son nom de famille.

— La direction m'avait prévenu de votre visite. Prenez place ici, mademoiselle, Salim est en convalescence pour la semaine. On verra par la suite à vous trouver un autre bureau.

Wow ! Aucun de mes profs ne me vouvoie. Sandrine lui a peut-être raconté que je suis une « grande actrice » ?

Je m'installe à l'endroit indiqué, tandis que mon amie gagne sa place habituelle deux rangs plus loin. Je regarde partout autour de moi. Tableau noir, chaises et bureaux en bois, étagères remplies de matériel scolaire, cette classe n'a rien de trop inhabituel.

— Allons, un peu de silence ! réclame monsieur Laurent en tapant dans ses mains. Nous en étions la semaine dernière à parler de l'origine de la santé publique. Nous avons vu que l'État fait aujourd'hui la promotion de saines habitudes de vie, mais ces concepts ne datent pas d'hier. Les communautés les plus anciennes s'inquiétaient déjà de la qualité de leur eau ou de la mise en isolement de leurs malades.

Monsieur Laurent continue de parler en circulant entre les tables. Mon esprit se met à vagabonder. Je m'imagine au pied de la tour Eiffel peu après son érection, au siècle dernier. Je patine sur une glace bleutée en compagnie d'un élégant jeune homme qui porte un chapeau haut de forme. Il me prend par la main, me fait pirouetter, me rattrape dans ses bras.

Monsieur Laurent s'arrête devant moi. Brusque retour à la réalité. J'espère qu'il ne va pas m'interroger !

— Quelqu'un peut-il me donner un exemple de programme de santé publique qui empiète sur le libre arbitre ?

Je rentre la tête dans mes épaules et jette un regard effaré autour de moi. Personne ne se bouscule pour répondre. Je ne suis jamais la première à lever la main, j'ai toujours peur de dire une bêtise. Heureusement, une voix dans mon dos s'élève.

— Les campagnes de vaccination, peut-être ?

— Merci, Solène. Voilà un excellent exemple où le bien-être de la société prévaut sur les croyances des individus. Si vous me permettez une analogie, lors d'une élection, un seul vote fait rarement la différence, mais si tout le monde s'y met, le changement survient. De même, une seule personne vaccinée n'est pas grand-chose, mais ensemble, nous pouvons éradiquer des maladies.

D'autres mains se lèvent. Monsieur Laurent fait semblant de ne pas les voir, préférant s'adresser à moi.

— J'aimerais bien profiter de votre présence, mademoiselle. Pouvez-vous me citer un exemple de mesure sociale propre à votre pays ?

Mon visage doit avoir la couleur de la craie que tient l'enseignant. Il n'était pas prévu que je participe activement aux cours ! Je devais seulement écouter sagement ! Dans ma tête, je n'entends qu'un « bip » strident, comme lorsqu'un poste de télé est hors service.

— Je… C'est-à-dire…

J'implore à genoux la souris qui vit entre mes oreilles de grimper dans sa roulette et de se mettre à courir. Heureusement, elle m'écoute, car j'ai soudain une révélation !

— On a la carte soleil…

— Est-ce une sorte de passeport pour une destination exotique ?

— C'est le surnom qu'on donne à notre carte d'assurance maladie. Avec les impôts qu'ils paient, les travailleurs financent le réseau de la santé, qui est gratuit pour tous, et accessible grâce à cette petite carte.

Chapitre 10

Le professeur hoche la tête, satisfait de mon explication.

— C'est un bon exemple de ce que peut faire l'État-providence, je vous remercie.

Ouf ! J'ai l'impression d'avoir sauvé l'honneur de mon pays !

Après ce cours, Sandrine et moi allons nous « poser », comme elle dit, sur un banc au soleil.

— Tu t'en es bien tirée, me félicite ma nouvelle amie.

— Pour être honnête, je n'ai pas tout compris.

— T'inquiète, moi non plus, je ne pige pas tout. C'est pour ça que je compare systématiquement mes notes avec celles de mon amie Camille. La voici, justement.

Une fille un peu enrobée, les cheveux couleur caramel et les joues envahies de taches de rousseur, vient s'asseoir à nos côtés. Camille se révèle très volubile. Et très gentille. Dix minutes après que j'ai fait sa connaissance, elle m'invite déjà chez elle.

— J'organise une boom samedi soir, tu viendras ?

— Je... Une explosion ? Avec des feux d'artifice ?

Les Françaises se regardent, puis éclatent de rire.

— Une boom, m'explique Sandrine, c'est une fête avec de la musique, de la pizza et... des garçons !

Chapitre 10

— Ah ! Un party ! Fallait le dire.

Ça me tente bien, mais comment vais-je m'habiller ? Je n'ai rien emporté de chic, moi ! Les filles attendent ma réponse. Oh, et puis zut ! Au pire, j'emprunterai des vêtements à Sandrine.

— J'apporte quelque chose ?

— Seulement ton sourire, me répond Camille.

J'ai hâte d'être samedi.

Le reste de la journée se déroule dans un laboratoire. Jumelée à Sandrine, je manipule des éprouvettes, calcule des quantités liquides et examine divers échantillons à l'aide d'un microscope. C'est super intéressant, et je ne vois pas le temps passer.

Sur le chemin du retour, Sandrine me confie :

— Je suis contente de vivre cet échange avec toi. J'avais peur d'être jumelée avec un garçon qui aurait préféré jouer à des jeux vidéo ou lire des mangas avec mes frères.

— Il n'aurait sûrement pas pu dormir dans ta chambre, en tout cas !

Tandis que nous nous esclaffons, une idée me vient à l'esprit.

— Pour le lit, on pourrait alterner.

— Laisse béton.

Je m'arrête de marcher.

Chapitre 10

— Hein ?

— Ça veut dire « laisse tomber ». Et ne t'en fais pas, moi non plus, je ne pige que dalle à vos expressions québécoises.

Mes sourcils se dressent à nouveau sur mon front.

— Ne piger que dalle, m'explique Sandrine avec patience, ça signifie qu'on n'y comprend rien.

— Je vais essayer de m'en souvenir. C'est vrai que j'ai moi aussi des expressions colorées. Par exemple, selon le contexte, en québécois, quelque chose « d'écœurant » peut être tout à fait génial ou parfaitement dégoûtant.

– C'est amusant, ça. Je me demande si le repas de ce soir sera « écœurant » ?

Chapitre 11

MARDI 14 AVRIL 1998

TEMPÉRATURE EXTÉRIEURE :

8 °C, très nuageux

Mes journées sont étonnantes.
Mes soirées aussi.

Je m'habitue rapidement à une nouvelle routine. En classe, j'écoute attentivement mes professeurs et je prends quelques notes. À l'heure du déjeuner, Camille se joint à Sandrine et à moi. Quelle bombe d'énergie, celle-là ! On dirait qu'elle connaît tout le monde. Grâce à elle, je suis rapidement au courant des rumeurs qui courent au lycée.

Le soir venu, c'est plus tranquille. Sandrine et Clémentine font leurs devoirs, Étienne et Geoffroy aussi. Même Alix et Mathias sont passablement sollicités par leurs professeurs. Moi, je n'ai rien à faire, à part écrire quelques lignes dans mon journal de bord.

Je m'installe au salon avec mon calepin et dessine des costumes que j'aimerais porter sur scène : capes en velours, robes à froufrous, corsages recouverts de paillettes, somptueux bijoux…

Vers vingt heures, Sandrine vient me trouver.

— J'ai la tête grosse comme une pastèque, faut que je me change les idées. Tu n'aurais pas envie de continuer à explorer le quartier ?

— Oh oui !

Nous allons chercher son vélo et celui de sa sœur dans une remise derrière l'immeuble. Sur nos montures, nous parcourons plusieurs rues tortueuses, contournons l'église Saint-Germain, puis empruntons la rue du Vieil Abreuvoir. Le sens de certains panneaux routiers m'échappe complètement, mais Sandrine a l'air de savoir où elle va. De bifurcation en sens unique, nous nous retrouvons au château de Monte-Cristo. Malgré l'heure tardive, les jardins grouillent de monde, et de gigantesques projecteurs sont allumés. À travers le grillage, nous apercevons des perchistes, des éclairagistes et des caméramans au travail.

Sandrine me montre la porte entrouverte.

— Tu veux entrer ?

Ma curiosité l'emporte sur mes réserves. Je n'ai lu aucun roman d'Alexandre Dumas, mais les noms d'Artagnan, Aramis, Athos et Porthos me sont familiers. Plus jeune, je ne manquais aucun épisode de la série télévisée *Sous le signe des mousquetaires*. À la même époque, Disney a aussi adapté cette histoire au cinéma, et Benjamin et moi avons vu le film sur grand écran.

Comme nous nous faufilons dans le jardin, quelqu'un annonce dans un porte-voix que le tournage va reprendre. Sandrine et moi allons nous cacher derrière un arbre. Au même moment, deux acteurs s'avancent sur la pelouse. Ils tiennent une épée à la main. Sur un signe du réalisateur, les comédiens commencent à se battre. Cling ! Clang ! Cling ! Leurs lames s'entrechoquent dans une habile chorégraphie. Le plus jeune des deux est très mignon avec ses boucles blondes, ses yeux gris et sa silhouette athlétique. Un troisième comédien entre alors dans le champ de la caméra.

— *What? Your first witness is Mr. Porthos*[4]*?* s'écrie d'Artagnan.

— *Yes, that annoys you*[5]*?* répond l'autre bagarreur.

— *No, not at all*[6].

J'ai beau savoir que c'est une production de la BBC, la télé nationale britannique, je trouve étrange d'entendre des mousquetaires s'interpeller en anglais. Quoique, à bien y penser, je joue moi-même dans une pièce de Shakespeare traduite en français.

Un quatrième acteur s'avance maintenant sous les projecteurs.

---

4) Comment ? Votre premier témoin est monsieur Porthos ?

5) Oui, cela vous ennuie-t-il ?

6) Non, pas du tout.

— *What?* s'exclame à nouveau le cadet. *Your second witness is Mr. Aramis*[7]*?*

Sans cesser de se battre, les mousquetaires se déplacent vers le fond du jardin. Le perchiste et le caméraman les accompagnent.

— Suivons-les, me chuchote Sandrine.

Nous quittons à pas feutrés notre poste d'observation. C'est alors que je me prends les pieds dans un long fil électrique qui traînait dans l'herbe. Je tombe à la renverse en étouffant un cri et entraîne dans ma chute un énorme spot dont l'ampoule se fracasse en répandant des éclats de verre partout aux alentours.

— *What the... Cut! I said CUT*[8]*!*

---

7) Comment ? Votre second témoin est monsieur Aramis ?

8) Qu'est-ce que... Coupez ! J'ai dit COUPEZ !

Chapitre 11

Le metteur en scène s'éjecte de sa chaise et se dirige vers nous à grandes enjambées.

— Il a l'air furax, souffle Sandrine.

Je saisis sa main et me redresse prestement.

— Cours !

Elle n'a pas besoin de me le dire deux fois. Nous gagnons rapidement l'entrée du jardin, enfourchons nos bicyclettes et dévalons la rue à toute allure.

La petite souris dans ma tête pédale aussi vite que moi. Je l'entends me reprocher d'avoir dérangé ce tournage et causé de terribles dégâts. Mais je la fais vite taire. C'était un accident, tout simplement.

Sandrine se retourne continuellement sur sa selle pour s'assurer que personne ne s'est lancé à notre poursuite.

— Je pense qu'on peut ralentir.

Nous arrivons bientôt en vue du château de Saint-Germain, puis de sa demeure. Après avoir rangé les vélos, nous nous effondrons par terre.

— Je suis à bout de souffle !

— C'était épique ! J'aurais voulu filmer ta chute et la repasser au ralenti !

Pas mon heure la plus glorieuse. Je préfère changer de sujet.

— Est-ce que tu connais l'acteur qui interprétait d'Artagnan ?

— Non, jamais vu. Mais il est vachement mignon.

Chapitre 11

Je suis bien d'accord, mais je préfère garder mes pensées pour moi.

Ce n'est pas toujours facile de renoncer aux garçons.

Chapitre 12

MERCREDI 15 AVRIL 1998

TEMPÉRATURE EXTÉRIEURE :

7 °C

Heureusement que j'ai écouté ma mère et emporté des vêtements chauds !

Le mercredi, en France, il n'y a pas école. C'est comme ça ! Chouette, non ? Eh bien non ! Parce que le samedi matin, en contrepartie, il y a des cours ! Et ça, c'est franchement moins drôle. Moi, j'ai l'habitude de dormir tard, le week-end…

Sandrine, Clémentine, Geoffroy, Étienne et moi décidons de profiter de cette journée de congé pour assister à un match de foot.

— C'est un match de deuxième division. Le calibre n'est pas aussi relevé que si on allait voir le PSG en action, mais les billets sont moins chers, m'explique Étienne.

Nous prenons place dans les gradins populaires, au bout du terrain. Les gradins sont pleins à craquer de gens qui chantent à tue-tête alors que le match n'est même pas commencé !

— Je dois vous avouer que je ne connais rien à ce sport, dis-je.

Geoffroy change de place avec Clémentine pour m'en expliquer les règles au fur et à mesure que le jeu se déroule. Je réalise rapidement que, contrairement au hockey, il ne se marque pas beaucoup de buts. Les joueurs courent partout sur cet immense terrain sans parvenir à envoyer le ballon dans un des filets, qui sont pourtant très larges !

Je finis par faire comme les gens qui m'entourent : quand ils applaudissent, je tape des mains, et quand ils huent une décision de l'arbitre, je m'époumone moi aussi.

À la mi-temps, Clémentine va nous acheter des frites et des orangeades. Elle reprend ensuite sa place à ma gauche pour que nous puissions papoter entre filles. Nous passons le reste du match à nous pâmer devant les joueurs.

— Ce gardien de but a une jolie gueule ! commente Clémentine.

— Je préfère le défenseur latéral gauche, rétorque sa sœur en pointant un joueur de l'équipe adverse.

Regardez-moi ces biceps ! Sûrement durs comme l'acier !

— Moi, j'aime bien le numéro douze. Il court comme une gazelle et...

Je n'ai pas le temps de terminer ma phrase que le numéro douze frappe au vol le ballon avec sa tête et le fait dévier derrière le gardien. La foule se lève d'un seul mouvement, criant, dansant et chantant de plus belle. Je pense que même un tour du chapeau[9] de Saku Koivu n'a jamais suscité un tel raffut.

Puis, le jeu reprend, aussi soporifique qu'avant, et le match se termine par ce score de 1-0.

— Enfin une victoire ! s'exclame Geoffroy sur le chemin du retour.

9) Au hockey sur glace, on parle de « tour de chapeau » lorsqu'un joueur marque trois buts dans un même match.

Chapitre 12

— C'est Lili-Rose qui nous a porté chance ! renchérit Étienne.

J'ai l'impression que je vais être obligée de revenir ici…

Le soir venu, Sandrine et Clémentine retournent sagement à leurs devoirs et leçons. Assise au salon, je feuillette une bande dessinée quand madame Pontcharra vient s'asseoir à mes côtés et allume la télévision.

— Je peux enfin souffler, les jumelles se sont endormies. Dans leur lit ! C'est un miracle !

Je lui offre un sourire compréhensif. Coucher les fillettes relève de l'exploit olympique. Elles refusent chaque soir de mettre leur pyjama, crient et se débattent comme des diablesses et finissent habituellement par s'assoupir sur le divan, blotties contre un de leurs parents.

Maman Louve zappe d'un programme à l'autre en ne s'arrêtant que quelques secondes sur chacun d'eux. Ma mère fait pareil. Elle passe toutes les chaînes en revue (on ne sait jamais, peut-être qu'il y aura quelque chose de mieux ailleurs !), puis elle finit par revenir à la première émission qui l'avait intéressée.

– Tu mets *Taratata* ? demande Papa Ours en s'installant sur l'autre sofa.

Maman Louve hoche la tête. C'est une émission musicale. À l'écran, des chanteurs francophones et anglophones interprètent une tonne de hits. Rapidement, je me mets à taper du pied et à fredonner certains airs. Quand l'émission se termine, Papa Ours se tourne vers sa femme.

Chapitre 12

— Je t'ai enregistré *Des chiffres et des lettres* cet après-midi. Tu veux que je mette la cassette ?

— Oui, on a le temps.

Il s'agit cette fois d'un jeu-questionnaire où des concurrents tentent de former le mot le plus long avec des lettres piochées au hasard. Monsieur et madame Pontcharra s'amusent comme de petits fous. La complicité de ces deux-là m'arrache un sourire. Sandrine et moi sommes chanceuses que nos parents s'aiment encore ; plusieurs de mes amies vivent dans des familles recomposées.

Ah, mes amies ! Comme elles me manquent ! J'aimerais bien les appeler, mais mon père m'a fait comprendre qu'un appel international coûte les yeux de la tête et qu'il faudrait une attaque nucléaire ou quelque chose du genre pour justifier la dépense.

Je pourrais évidemment me brancher sur un site de chat, mais les Pontcharra n'ont pas d'ordinateur personnel à la maison, et il n'y a aucun cybercafé dans le quartier, je me suis informée.

Il me reste le courrier. Si je poste une lettre demain, il y a des chances qu'elle arrive à destination avant mon retour. J'arrache quelques pages de mon carnet de notes et commence à écrire à Rosalie. Je lui parle du temps qu'il fait, de la cuisine de Maman Louve, de ma nouvelle école… rien de super palpitant.

J'ai presque terminé quand Sandrine s'effondre à côté de moi.

— Je t'envie de ne pas avoir de devoirs ! Qu'est-ce que tu faisais ? Tu écris à ton amoureux ? Non, tu m'as déjà dit que tu n'as pas de mec. À tes copines, alors ? Je parie que tu as le cafard.

Chapitre 12

Sandrine se relève d'un bond et m'invite à la suivre dans la cuisine. Je pense tout de suite qu'elle va m'offrir du chocolat – c'est toujours ce que fait ma mère quand je suis déprimée.

Ma nouvelle amie ouvre plutôt le tiroir du buffet et en tire du papier à lettres, des enveloppes de toutes les tailles et des rouleaux de timbres-poste. Elle me présente une enveloppe zébrée de rouge et de bleu destinée au courrier par avion.

– Avec ça, ta lettre va arriver rapidement à destination.

J'y glisse mes feuillets, puis j'appose un timbre sur l'enveloppe.

– C'est pratique que ton père soit facteur.

– Qui t'a dit une absurdité pareille ?

— Euh… C'était inscrit sur le document du programme ECF.

Sandrine secoue la tête.

— N'importe quoi ! Papa ne distribue pas le courrier, il est gérant du bureau de poste de Saint-Germain-en-Laye.

— Ah !

— Il s'occupera de ta lettre demain matin. Mais peut-être préférerais-tu aller la poster toi-même ? Il y a une boite aux lettres à deux coins de rue.

— Bonne idée ! J'en profiterai pour continuer à explorer le quartier…

Chapitre 12

Sandrine me décoche un clin d'œil.

— Ne va pas encore perturber un tournage !

Chapitre 13

VENDREDI 17 AVRIL 1998

TEMPÉRATURE EXTÉRIEURE :

12 °C, ciel très gris

La journée sera pourtant
haute en couleur !

Le coordinateur du programme m'a téléphoné hier soir et m'a demandé d'être sur la place du marché à huit heures tapantes. J'y suis dès sept heures trente, mon sac à dos sur l'épaule et un thermos de café à la main. Maman Louve est venue avec moi. Je lui ai dit que je pouvais attendre toute seule, mais elle a prétendu que de toute façon, c'était l'heure de la promenade des jumelles. Maman Louve…

Ce surnom lui va bien. Elle couve affectueusement ceux qu'elle aime.

Nous nous assoyons sur un banc public. Autour de nous, la place commence à s'animer. Il y a déjà une file devant le kiosque à journaux et une autre devant l'étal du boulanger.

Assises dans leur poussette géante, Clara et Eugénie pointent tout ce qui défile sous leurs yeux : un papillon qui virevolte, un merle posé sur la branche d'un arbre, un chat de gouttière qui le guette en se léchant les babines… Tiens, ça me fait penser que je n'ai pas revu Mistigri depuis que nous avons fait connaissance.

Le clocher d'une église toute proche sonne huit fois. Je me lève d'un bond, mais il n'y a aucun bus en vue, alors je me rassois, boudeuse.

— Citron de citron ! J'espère qu'on ne m'a pas oubliée…

Chapitre 13

— Ça m'étonnerait, me rassure Maman Louve en se penchant pour ramasser la poupée qu'une des jumelles a laissée tomber par terre.

— C'est que j'ai hâte de visiter le Louvre !

Ça me fait tout drôle de dire ça. Habituellement, je ne suis pas très friande de musées, au grand désespoir de mon père, qui apprécie beaucoup ce genre d'endroit. Il répète souvent que sa plus grande satisfaction, comme parent, c'est de nous transmettre ses passions, à Ben et à moi. Il voudrait que je sache faire la différence entre une toile de Monet et une autre de Picasso, que j'écoute de l'opéra et que je lise plein d'auteurs classiques. J'ai déjà tenté de lui expliquer que l'important, c'est que j'aie du plaisir quand j'écoute de la musique ou quand j'ouvre un livre, mais il n'en démord pas. Alors, de temps en temps, je le laisse me parler d'artistes qu'il affectionne.

Le Louvre, c'est plus qu'un musée, c'est la mémoire de l'humanité, affirme madame Pontcharra. Cet endroit a l'air tout simplement fabuleux. Et ce n'est pas tout. Après la visite, il est prévu que nous allions nous balader sur l'avenue des Champs-Élysées, la plus célèbre artère culturelle et commerciale du monde ! Pile dans mes goûts !

Enfin, un minibus s'immobilise devant la boutique du fleuriste. Appuyé sur son pare-brise se trouve un carton aux couleurs du programme ECF. Un homme en descend. Je lève un bras pour signaler ma présence.

– Lili-Rose Laframboise ?

– C'est moi !

Chapitre 13

— Enchanté, je suis Émile Perpignan, on s'est parlé hier. Vous devez être madame Pontcharra ?

Pendant que les deux adultes échangent quelques mots, j'en profite pour détailler Émile de la tête aux pieds. Avec son jean noir, sa veste de cuir et ses baskets blanches, je lui donne vingt-cinq ans.

Je remercie Maman Louve de m'avoir tenu compagnie, puis je me penche vers les jumelles.

— Soyez sages, vous deux !

Elles me répondent en gazouillant. Je m'aperçois alors que six adolescents ont le nez collé aux fenêtres du minibus et me dévisagent avec insistance. Les mêmes regards curieux m'accompagnent quand je grimpe à bord. Je me sens comme une extraterrestre. Tête baissée, je gagne rapidement un siège libre tout au fond du véhicule.

Dès qu'Émile nous a rejoints, le bus s'ébranle. Mais il n'a pas roulé sur plus de dix mètres qu'il s'immobilise à nouveau. De la fumée commence à s'échapper du capot. Le chauffeur jure entre ses dents et descend examiner ce qui ne va pas.

— Nous allons repartir très vite, nous assure Émile. En attendant, j'aimerais que tout le monde se présente. Commençons par l'ambassadeur de la Belgique.

Un garçon se redresse sur son siège et nous salue d'un geste théâtral.

— Je me prénomme Lucas.

Lucas a de longs cheveux blonds et un sourire craquant. Mais c'est sans importance, je l'ai dit, les garçons ne m'intéressent plus.

Je fais ensuite la connaissance de Dieudonné, qui vient d'Haïti, et de Faël, qui est originaire du Maroc. Puis, c'est au tour des filles de se présenter. Mariam est née en Côte d'Ivoire, Emma vient du Luxembourg et Ana-Malia a voyagé d'aussi loin que de la Nouvelle-Calédonie pour venir à Paris. Je n'aurais jamais pensé qu'on parlait français dans autant de pays différents. Je suis la dernière à prendre la parole et je me lève pour que tout le monde me voie.

— Moi, c'est Lili-Rose. Je suis Québécoise. Je veux dire, Canadienne. Les deux, en fait...

Je me rassois vite fait avant de me lancer dans des explications dignes d'Elvis Gratton.

Notre chauffeur retourne derrière son volant.

— Croisez vos doigts ! grogne-t-il en tournant la clef dans le contact.

Après quelques hésitations, le moteur redémarre. Hourra ! Maintenant que la glace est brisée, je me découvre des atomes crochus avec Emma, la Luxembourgeoise assise à ma droite. Elle porte au poignet des bracelets fluos semblables aux miens. Avec mon imperméable jaune et le sien qui est lilas, nous avons l'air de deux œufs de Pâques. Cela nous fait bien rire.

Ma nouvelle amie me pose des questions sur le Canada. Les seules fois où elle a entendu parler de mon pays, c'est lors d'épreuves olympiques. Je lui avoue que je serais moi-même incapable de situer le Luxembourg sur une carte de l'Europe.

Chapitre 13

— C'est un tout petit pays coincé entre la France, la Belgique et l'Allemagne. On y parle luxembourgeois, allemand et français.

— Nous, on parle surtout français et anglais.

Dieudonné et Lucas se joignent à nous en ricanant.

— On compare les expressions typiques de nos patelins. Vous en avez de savoureuses ?

Je sors quelques jurons qui feraient blanchir les cheveux de mes parents. À son tour, Dieudonné nous propose des injures en créole.

— Si tu veux insulter un mec, tu lui dis « *zozo santi* ». Ça veut dire « pénis puant ».

Tandis que les gars éclatent de rire, je lance à Emma un regard dégoûté.

— Et pour insulter une fille, comment vous y prenez-vous ? demande Mariam en se joignant à notre discussion.

— Facile : « *boundat plat* », ce qui signifie « fesses plates ». Dans mon pays, ce sont les femmes avec des formes qui sont sexy.

Mariam, qui est elle-même plutôt ronde, lui fait un *high-five*.

Nous arrivons bientôt au cœur de Paris. Par ma fenêtre, j'aperçois la silhouette de la tour Eiffel. Elle est gigantesque ! Émile dit que la semaine prochaine, nous irons la visiter. Trop méga super cool génial !!!

Chapitre 13

Le bus s'immobilise sur la rive droite de la Seine. L'entrée du Louvre consiste en une grande pyramide de verre dont le modernisme tranche avec les vieux bâtiments tout autour.

Nous entrons dans le pavillon d'accueil, où Émile va récupérer nos accréditations. Il revient accompagné d'un vieil homme au dos voûté.

— Bonjour, les jeunes, nous salue ce dernier d'une voix chevrotante. Je m'appelle Jean-Pierre et je serai votre guide aujourd'hui. Vous êtes chanceux d'être tombés sur une relique comme moi, je suis presque aussi vieux que ce musée. En tout cas, j'en connais tous les secrets.

Jean-Pierre nous invite à le suivre. Il n'avance pas vite. Un pas. Pause. Un autre pas. À ce rythme, le musée risque de fermer avant que nous ayons pu admirer quoi que ce soit. Émile en profite pour nous détailler le programme de la journée.

— Jean-Pierre m'a proposé de partager notre matinée en deux parties. Tout à l'heure, nous irons admirer des peintures de la Renaissance, mais nous allons d'abord découvrir quelques-unes des antiquités égyptiennes. Je vous préviens, on ne pourra pas tout voir, l'exposition est tellement gigantesque qu'elle est répartie sur deux étages. Ça commence ici, je crois.

Nous entrons dans une première salle remplie d'objets du quotidien. C'est super impressionnant de contempler des poteries et des figurines qui ont été fabriquées il y a plus de trois mille ans.

— Regarde ce jeu en ivoire ! s'exclame Emma à mes côtés. C'est incroyable qu'il soit parvenu jusqu'à nous !

Moi, ce qui retient surtout mon attention, ce sont les superbes bijoux sertis de pierres précieuses. Je m'imagine aisément sur le bord du Nil, vêtue d'une robe vaporeuse, mes poignets et mes chevilles ornés de bracelets somptueux.

Les garçons, pour leur part, sont surtout ébahis par l'immense sphinx en granit qui se trouve dans la salle suivante. Sans parler des sarcophages dans lesquels de riches défunts ont été enterrés.

Jean-Pierre nous propose ensuite d'apprendre à déchiffrer des hiéroglyphes. À l'aide d'un tableau de conversion, nous tentons de donner du sens aux mystérieux dessins gravés sur une stèle.

— Je parie que c'est le récit d'une bataille épique, lance Faël.

— C'est sûrement une prière à Râ, le dieu du soleil, dit plutôt Mariam.

— Mais non, c'est un recueil de blagues ! avance Dieudonné.

Pour prouver son idée, il donne vie aux hiéroglyphes en faisant parler les petits pharaons, scribes et joueurs de flûte avec des voix loufoques. Nous rions de bon cœur. Puis, en unissant nos efforts, nous finissons par découvrir qu'il est question en réalité de rites funéraires.

Délaissant à regret les antiquités égyptiennes, nous suivons Jean-Pierre dans une autre aile du musée.

Chapitre 13

— Vous allez maintenant pouvoir admirer les œuvres de grands peintres qui ont vécu de la Renaissance jusqu'à la fin du XVIIIe siècle.

Nous défilons devant plusieurs tableaux apparemment célèbres, mais que je n'ai jamais vus. Je parie que mon père, lui, pourrait tous les identifier. Notre vieux guide nous fait remarquer que les couleurs des premières œuvres sont plutôt sombres, mais qu'à mesure que nous avançons dans le temps, des teintes plus gaies s'ajoutent aux palettes des artistes.

Je songe à mon amie Amélie, qui aime tant l'art sous toutes ses formes ; elle adorerait être ici.

Jean-Pierre nous invite ensuite à le suivre dans une salle qui est gardée par un agent de sécurité. Quel trésor fabuleux peut-elle bien dissimuler ?

— Jeunes gens, je vous présente Mona Lisa.

Je reconnais immédiatement ce tableau. *La Joconde*, de Léonard de Vinci, est super connue ! Mais la toile est plus petite que je l'imaginais, et comme nous ne pouvons pas nous en approcher, il est difficile d'en admirer les fins détails.

— Monsieur, pourquoi *La Joconde* est-elle derrière une vitre ? demande Lucas.

— Excellente question, lui répond Jean-Pierre. C'est pour protéger cette dame de l'humidité, de la poussière et des rayons UV, trois facteurs susceptibles d'affecter son panneau en peuplier et ses belles couleurs. Il faut comprendre qu'à l'époque où le tableau a été peint, la pigmentation était obtenue

à partir de plantes, de
métaux ou même d'urine.

Les garçons éclatent de rire. Ils s'imaginent probablement peindre des chefs-d'œuvre en pissant par terre.

Notre visite s'achève. Nous remercions notre guide pour sa gentillesse et son érudition. Pendant que certains vont aux toilettes, les autres se dirigent vers la boutique de souvenirs. J'en profite pour acheter des cartes postales à chacune de mes amies.

En sortant du musée, nous passons sous une grande arche en pierre. À son sommet, j'aperçois un char romain tiré par quatre chevaux. Nous déambulons ensuite dans un immense parc plein de statues. C'est le jardin des Tuileries. Émile nous suggère d'y casser la croûte. Un café-bistro nous propose des croque-monsieur, des jambons beurre (un sandwich traditionnel) et des salades de champignons. Il y a aussi de la soupe à l'oignon gratinée servie dans de petits bols en polystyrène.

Nous nous installons sur des chaises disposées au bord d'un grand bassin d'eau. J'émiette un peu de mon pain pour les nombreux pigeons qui piaillent autour de nous. Il paraît qu'on en compte plus de quatre-vingt mille à Paris !

Soudain, de fines gouttes de pluie se mettent à tomber. Ploc ! Ploc ! Ploc !

— Bah ! Ce n'est rien ! assure Émile.

Nous continuons de manger en discutant joyeusement. J'aime bien rencontrer de nouvelles personnes. C'est un peu intimidant, mais super enrichissant.

Chapitre 13

Quand tout le monde est rassasié, nous traversons la place de la Concorde, au centre de laquelle se dresse un immense obélisque de granit rose. Émile nous apprend qu'il gardait autrefois l'entrée d'un temple en Égypte.

— Pensez au défi technique que ça représentait, en 1930, de déplacer ce monument de deux cent trente tonnes de Louxor jusqu'à Paris. Il a fallu quatre ans et la construction d'un navire à fond plat pour le transporter.

Émile ajoute que, sur cette même place, Louis XVI et Marie-Antoinette ont été guillotinés. Les garçons, avides de détails sanglants, l'assaillent de mille et une questions. J'en profite pour me diriger, en compagnie d'Emma, vers une des deux fontaines situées de part et d'autre de l'obélisque. Nous admirons un moment les cygnes, les poissons et les coquillages qui la décorent.

— Les filles, on continue !

Quand nous arrivons enfin sur l'avenue des Champs-Élysées, Ana-Malia se met à chantonner une vieille chanson de Joe Dassin. Après un moment d'hésitation, Mariam se joint à elle, et peu après, tout le monde entonne le refrain :

> « Aux Champs-Élysées...
> Aux Champs-Élysées...
> Au soleil, sous la pluie, à midi ou à minuit, il y a tout ce que vous voulez aux Champs-Élysées... »

Et c'est vrai ! La célèbre artère est bordée de nombreuses boutiques luxueuses. J'en ai les yeux qui pétillent d'excitation ! Mais tout le monde ne partage pas mon envie de faire du lèche-vitrine.

Chapitre 13

— Qu'est-ce qu'on fait ici ? s'étonne Mariam. On n'a pas les moyens d'entrer dans ces magasins !

— Même si on y mettait les pieds, on nous retournerait vite fait dans nos baskets, souligne Faël avec humour.

— Tu as trop raison, mec ! grogne Lucas. On aurait dû aller à Disneyland Paris !

Il recueille l'adhésion de plusieurs.

— Attends, il y a un Disneyland à Paris ? s'étonne Ana-Malia. Oh ! Émile, il faut nous emmener là-bas !

Ce dernier secoue la tête et nous explique que le but de ce voyage est de s'immerger dans la culture française, pas de se laisser séduire par le chant des sirènes américaines.

— Ça ne tient pas debout comme argument, monsieur ! souligne Faël. On vient de passer la matinée à admirer des poteries égyptiennes et des peintures italiennes !

— Inutile d'insister. L'entrée de ce parc d'attractions n'entre pas dans le budget que nous avons établi avec vos parents. Il faudrait les appeler un par un pour leur demander de vous envoyer des chèques de voyage, et je n'ai ni le temps ni l'envie de me lancer dans de telles démarches.

Nouvelle valse de protestations. Je décide d'intervenir avant que les choses s'enveniment.

Chapitre 13

– Et là, on peut entrer ?

Je pointe du doigt une vitrine colorée de l'autre côté de la rue.

– Un Disney Store ! Bien vu, Lili-Rose ! me lance Emma avec un large sourire.

Sans même demander son avis à Émile, nous nous dirigeons vers le feu piétonnier. Les Champs-Élysées ont dix voies pour la circulation automobile, pas question de faire comme à Montréal et de passer à travers le trafic !

Dès qu'elle entre dans le magasin, Emma se dirige vers une montagne de peluches.

– Je sais bien que je n'ai plus l'âge pour ça, me confie-t-elle avec un air coupable, mais j'adore les peluches.

— Ici, personne ne va te juger.

Je lui désigne la devise inscrite derrière le comptoir de service.

> « Les adultes ne sont, au fond, que des enfants qui ont grandi. »
>
> — Walt Disney

J'explique ensuite à Emma la leçon que j'ai tirée de mon précédent voyage.

— On grandit et nos goûts changent, c'est normal de se passionner pour plusieurs nouvelles choses. Mais ça ne veut pas dire qu'on doit obligatoirement renier tout ce qu'on a toujours aimé.

Chapitre 13

Emma n'a pas l'air convaincue. Elle attrape un t-shirt à l'effigie d'Ariel, la petite sirène.

— De quoi j'aurais l'air si j'arrivais à l'école avec ça ? Tout le monde se moquerait de moi !

— C'est vrai, certains se moqueraient de toi. Mais d'autres personnes te trouveraient plutôt cool de t'assumer. Moi, en tout cas. Quand on y pense, quelle est la différence entre porter ce t-shirt et un autre aux couleurs d'un groupe de musique rock ? Les deux vêtements annoncent la même chose : j'ai une passion, et si vous la partagez, venez me parler !

Emma me dévisage avec étonnement. J'enfonce un dernier clou :

— Ne laisse personne décider à ta place ce qui est bon pour toi et ce qui ne l'est pas.

À l'autre bout du magasin, j'aperçois Faël et Dieudonné qui se battent en duel avec des épées de mousse. En voilà deux qui ne sont pas complexés.

Je continue de déambuler entre les étalages en compagnie de mon amie et décide de m'acheter un porte-clefs à l'effigie de Minnie Mouse. Le petit personnage tient entre ses mains une tour Eiffel miniature. Ça me fera un joli souvenir.

Tandis que je vais payer mon achat, Emma retourne examiner les peluches. Elle revient avec plusieurs doudous dans les bras.

— Je suis incapable de décider lequel je préfère.

Chapitre 13

Je retiens un éclat de rire. La journée s'achève déjà. Dehors, il tombe des cordes. Malgré nos imperméables, nous sommes vite trempés. En nous voyant arriver en courant, le chauffeur s'empresse d'ouvrir la porte du bus pour nous faire monter.

— Mes cheveux sont dans un état affreux, soupire Emma en essorant sa chevelure rousse.

— Moi, j'ai l'impression d'avoir plongé tout habillée dans une piscine.

— On a quand même passé une belle journée, non ?

— Oh oui ! Vive Paris !

Chapitre 14

SAMEDI 18 AVRIL 1998

TEMPÉRATURE EXTÉRIEURE :

13 °C, avec des éclaircies

Dans mon baladeur :
Get Ready for This, de 2 Unlimited

J'ai été tellement occupée ces derniers jours que j'avais presque oublié la fête organisée par Camille.

— C'est quel genre de soirée ? Est-ce qu'il faut que je m'habille chic ?

— Naaan... Reste comme tu es...

Je porte un pantalon cargo et un débardeur fuchsia. Plutôt banal. Sandrine, elle, a enfilé un jean et un t-shirt noirs. Un peu déprimant. Je décide de troquer mon débardeur pour une marinière rayée bleu et blanc. Je vais aussi apporter ma veste en denim pour la fin de la soirée. Elle est recouverte d'écussons que j'ai brodés. Oui, oui ! Je sais me servir de la machine à coudre de ma mère ! Bon, la finition n'est pas parfaite, mais c'est ma veste et j'en suis fière. Dans mon dos, les gens peuvent voir des symboles de paix et des slogans qui les invitent à sauver les océans ou les pandas. Il y a aussi une tête de Chewbacca. Et une grenouille qui tient un drapeau du Québec. Cet amalgame multicolore me représente bien, je trouve. Mais mon écusson préféré, c'est celui d'un festival de théâtre torontois, que ma marraine m'a offert l'an dernier. Elle m'a même promis de m'y emmener un beau jour. Moi, ce que j'aimerais par-dessus tout, c'est jouer sur une scène durant ce festival !

Chapitre 14

J'applique une ligne de crayon sur mes paupières, un peu de brillant sur mes lèvres et une goutte de parfum sur mes poignets. Il y aura tout de même des garçons à cette soirée ! Pas que j'attende quoi que ce soit de ce côté, mais ça ne signifie pas que je dois être mal habillée.

Camille n'habite pas très loin, nous y sommes en dix minutes. Ses parents possèdent le commerce de traiteurs du rez-de-chaussée et habitent l'étage au-dessus.

Je suis anxieuse à l'idée de rencontrer les amis de Sandrine. Passeront-ils la soirée à comploter entre eux ? Riront-ils de mon accent ? De quoi vais-je leur parler ? Bah ! Je m'en fais sans doute encore pour rien. Je connais déjà Camille, qui est très sympathique, et Sandrine aussi. Il n'y a aucune raison pour que leurs amis soient des idiots.

La première chose qui me frappe quand nous entrons dans l'appartement, c'est le calme qui y règne. Je m'attendais à trouver une boule disco au plafond et les meubles poussés le long des murs pour faire de la place pour danser. Mais il n'y a pas de musique tonitruante, et seuls quelques éclats de voix me parviennent d'une pièce tout au fond du logement.

— Posez vos affaires sur le lit de mes parents ! nous prie Camille.

Nous la suivons ensuite jusqu'à la cuisine où se trouvent déjà cinq personnes, deux filles et trois garçons.

— Lili-Rose, voici Florent, Vincent et Marco.

Avec ses cheveux noirs et ses yeux verts, Florent dégage quelque chose qui me fait penser à une panthère. Le deuxième garçon est très grand et mince.

Chapitre 14

Une girafe ? Marco, quant à lui, est trapu et large d'épaules. Un bouledogue anglais ! Les deux filles assises au comptoir sont penchées sur un album de photos et ne remarquent pas tout de suite ma présence.

— Camille, tu étais trop mignonne quand tu avais quatre ans !

— Tu veux dire que maintenant je suis affreuse ?

Se tournant vers moi, Camille ajoute :

— Lili-Rose, je te présente Magali et Sabine.

La première fille est châtaine avec de minuscules taches de rousseur sur les joues. La seconde a une chevelure noire et le teint basané. Elles dégagent toutes les deux quelque chose de félin. Si je devais leur attribuer à elles aussi un animal totem, je pencherais pour le jaguar et le tigre. J'espère juste qu'elles ne me dévoreront pas toute crue… J'ai tendance à perdre mes moyens quand je suis dans la même pièce qu'une fille sexy. À Orlando, c'était immanquable, Dakota, une fille super sympa que j'avais rencontrée là-bas, me volait continuellement la vedette, les garçons ne voyaient qu'elle, et moi, je ne savais pas comment attirer leur attention. Mais bon, je l'ai dit, je ne suis pas venue ici pour me trouver un fiancé, alors je n'ai aucune raison de m'inquiéter. Il faut juste que ma petite souris se calme.

— C'est donc toi, la Québécoise ! s'exclame Sabine. Alors, comment va Céline ?

Je me retiens de lever les yeux au ciel. Camille me tire d'embarras en me demandant de l'aider pour distribuer des cannettes de boisson gazeuse et des bouteilles d'eau pétillante.

Chapitre 14

En passant de l'un à l'autre, je note que les amis de Sandrine portent tous un jean délavé et un t-shirt confortable dans une teinte sombre. Aucune jupe, aucune robe, très peu de couleurs. Mon débardeur fuchsia aurait détonné.

J'adore la mode, mais c'est une de mes plus grandes sources de stress. Chaque matin, je me demande ce que je vais mettre. Je change trois fois de tenue, ça me prend un temps fou, et le plus souvent, je finis par mettre un de mes vêtements préférés.

Quand j'ai fait la leçon à Emma, je pensais vraiment chacun des mots que j'ai dits, mais pour être parfaitement honnête, il m'arrive, à moi aussi, de m'inquiéter du regard que les autres portent sur moi. C'est pour ça que je privilégie habituellement des vêtements dans lesquels je me sens bien. Colorés, oui, mais qui n'attirent pas trop l'attention.

10 RÈGLES POUR SURVIVRE AU SECONDAIRE

1. Avoir de vrais amis avec qui partager des fous rires.
2. Ne pas s'en faire avec la popularité.
3. Prendre sa place et s'affirmer.
4. Trouver son style vestimentaire et le garder.
5. À la cafétéria, ne jamais s'asseoir à la table où mangent les sportifs.
6. Ne pas confondre les punks et les vampires (ce sont des *nerds* qui jouent à des jeux de rôle).
7. Éviter d'être le chouchou du prof.
8. Faire ses travaux d'équipe avec quelqu'un qui a de meilleures notes que soi.
9. Avoir un ami masculin vers qui se tourner quand nos amies sont *bitch*.
10. Éviter d'avoir deux groupes d'amis.

Chapitre 14

L'été dernier, Marianne a commencé à passer du temps avec des filles qui étudient en musique. Amélie et Justine ont cessé de lui parler, et le froid a perduré jusqu'à la rentrée. Changer de groupe, ça ne se fait juste pas, les risques sont trop grands que des secrets soient révélés. Justine et Amélie ont fini par se réconcilier avec Marianne, mais elles évitent maintenant de lui confier des trucs personnels.

Camille me tire de ma rêverie en annonçant :

— Puisque tout le monde est là, on va pouvoir commencer.

Je m'attends à ce qu'on mette enfin de la musique pour danser, mais ce n'est pas du tout ce qui arrive. Elle ouvre un placard et en tire une pile de jeux de société.

— Qu'est-ce que ce sera ? *Scrabble ? Jeu des petits chevaux ? Trivial pursuit ?*

— On pourrait jouer au *Monopoly* ? s'enquiert Sabine. La dernière fois, je venais de placer un hôtel sur Promenade quand il a fallu s'arrêter.

J'ai envie de me pincer. Des jeux de société ? De l'eau pétillante ? Citron de citron ! J'ai été invitée à une fête de *nerds* !

La souris dans ma tête m'implore de déguerpir avant que quelqu'un propose de regarder l'intégrale de la série *Star Trek*. Mais mes jambes ne m'obéissent pas. Elles sont vissées au sol. J'accepte avec un sourire forcé un verre d'orangeade et me joins à Sabine, Florent et Camille pour une partie de *Monopoly*. De leur côté, Vincent, Sandrine, Magali et Marco se rendent au salon pour y jouer à *Risk*.

Après quelques tours, je découvre que Sabine a un toc. Chaque fois qu'elle fait un double avec les dés, elle fredonne tout bas un refrain populaire. Jamais le même. Quand j'obtiens à mon tour une paire de quatre, je me mets à chantonner une chanson de Céline Dion. Sabine me décoche un petit sourire. Après ça, tout le monde s'y met. Florent grimpe même sur sa chaise pour donner plus de punch à sa parodie de Patrick Bruel. Nous rions de bon cœur. Cependant, la partie s'achève rapidement pour lui. Et deux tours plus tard, je suis aussi forcée de déclarer forfait. Alors, Florent annonce :

> — Continuez, vous autres, je vais à la boulang' acheter des bonbecs. Tu viens avec moi, Lili ?

Je n'ai pas bien compris où il comptait se rendre à cette heure, mais j'accepte de le suivre. Évidemment, dès que je me lève, je suis la cible de moqueries.

— Ne rentrez pas trop tard, les amoureux ! lance Camille en gloussant.

Je rougis comme une framboise. Heureusement, l'air frais me redonne mes vraies couleurs. Chemin faisant, Florent me parle de sa passion pour le jeu d'échecs. Il a été sacré champion régional l'an dernier et il m'explique en détail la manœuvre qui lui a permis de gagner. Je ne comprends pas tous les termes techniques, mais sa conversation me change des garçons qui ne parlent que de hockey.

— Nous y voici.

Nous nous immobilisons devant une boulangerie. Le commerce est fermé, mais ça ne semble pas inquiéter Florent.

— Le propriétaire est un copain de mon père. Tu vas voir.

Chapitre 14

Il tape dans la vitrine. Bang ! Bang ! Bang ! Un homme portant un tablier blanc se pointe à l'avant du magasin.

— Vous ne voyez pas que c'est fermé ? hurle-t-il.

Mais dès qu'il reconnaît Florent, son visage s'illumine, et il s'empresse de venir nous ouvrir.

— Qu'est-ce qui t'amène à cette heure ? Et en si jolie compagnie ?

Je rougis à nouveau comme une fraise.

— Sammy, je te présente Lili-Rose, une Canadienne de passage. Je me suis dit qu'elle ne pouvait pas repartir chez elle sans avoir goûté ta fameuse baguette au fromage.

— Ah ! Mais il fallait venir plus tôt, il y a longtemps que je les ai écoulées, mes baguettes ! Si tu reviens demain, je promets de t'en garder une belle.

— Je ne crois pas que ce sera possible. Merci quand même.

Florent fait quelques pas vers la sortie, mais s'arrête devant un bocal posé sur le comptoir d'accueil.

— Et des bonbecs, je peux t'en acheter ?

Le boulanger secoue la tête.

— Tu m'offenserais ! C'est moi qui te les offre !

Et c'est ainsi que nous rentrons chez Camille les poches remplies de délicieux bonbons acidulés.

Chapitre 14

MES BONBONS PRÉFÉRÉS

- Oursons en gélatine
- Réglisse noire
- Bonbons sûrs (surtout les blancs)
- Framboises rouges
- Poudre de Jell-O[10] (oui, comme ça, sans eau)

10) Marque de dessert de gélatine que l'on peut acheter tout fait ou à faire soi-même en mélangeant de la poudre de gélatine avec de l'eau.

Chapitre 15

ENCORE SAMEDI 18 AVRIL 1998

TEMPÉRATURE EXTÉRIEURE :

l'air est frais maintenant
que le soleil est couché

Je pense que les Québécois
et les Français ne parlent pas
toujours la même langue.

Une bonne odeur nous chatouille les narines dès que nous rentrons dans l'appartement. Pendant notre absence, Camille a mis au four des pizzas au fromage.

Marco propose maintenant un tournoi de *Scrabble*, tandis que Florent suggère une partie de poker. Même si je n'y ai jamais joué, je préfère le jeu de cartes. Florent accepte de m'en apprendre les règles en faisant équipe avec moi.

— As-tu le mal du pays ? me demande-t-il en distribuant les cartes.

— Un peu. Mais je n'y pense pas beaucoup, j'essaie de profiter au maximum de tout ce qui m'arrive.

— Trop d'la balle !

Devant mon air étonné, il éclate de rire.

— Ça veut dire « excellent ». Allez, à ton tour, apprends-nous une expression typiquement québécoise.

Je réfléchis un instant.

Chapitre 15

— Hum... J'avais peur que cette soirée soit *pouish*, mais vous êtes ben *chill*.

— Traduction ?

— J'avais peur que la soirée soit nulle, mais vous êtes tous bien sympathiques.

Florent me décoche un sourire à faire fondre un glacier.

— Oh ! Oh ! Prends garde, Lili-Rose ! intervient Sandrine en examinant ses cartes. Si Florent commence à te servir son fameux sourire, tu n'es pas tirée d'affaire. Il drague même ma mère !

— Normal, elle fabrique le meilleur nougat de tout Paris.

Nous éclatons de rire. Camille finit de distribuer les parts de pizza, puis vient s'asseoir avec nous.

— Dis-nous d'autres expressions québécoises, me demande-t-elle.

Je décide de leur faire une tirade digne d'une pièce de Michel Tremblay en mettant bout à bout différentes expressions figurées que j'ai déjà entendues.

— Mon chum, y était ben achalant. Il pensait avoir d'la mine dans l'crayon, mais comme y avait la *fly* à l'air, je voyais ben qu'y avait pas de quoi se péter les bretelles. Fait que j'y ai dit de se calmer le pompon.

Autour de la table, tous me dévisagent avec un mélange d'étonnement et d'amusement.

Chapitre 15

– Vous voulez entendre la traduction, je suppose ?

– Moi, je n'ai pigé que dalle, concède Vincent.

– Je disais que mon chum… euh… mon copain…

– Ah ! Ton petit ami ! s'exclame Camille.

– Mais laisse-la parler, sinon on va y passer la nuit ! la sermonne Florent.

– Donc, mon copain était bien ennuyeux. Il pensait être un chaud lapin, mais comme il avait sa *fly*… euh… sa braguette ouverte, je voyais bien qu'au fond il n'avait pas de quoi se vanter. Je lui ai donc dit de respirer par le nez.

— Eh bien voilà ! Comme ça, c'est plus clair, opine Sandrine.

— Mais moins coloré ! rigole Vincent.

— Je porte un toast aux expressions typiques de nos pays ! lance Florent en levant son verre de coca.

Et c'est là que ça me frappe. Même en l'absence des parents de Camille (partis manger au restaurant et voir le spectacle d'un humoriste), personne n'a sorti de cigarettes, aucune bouteille d'alcool n'a été ouverte et aucun joint ne circule. C'est définitivement la fête la plus sérieuse à laquelle j'ai pris part. Mais c'est quand même une des plus réussies.

Le jeu se poursuit. Nous continuons d'échanger des expressions amusantes chaque fois qu'un de nous pose une carte sur la table.

— C'est flyé[11] ! (moi)

— Ça déchire grave ! (Sandrine)

— Ferme ta boîte à camembert ! (Vincent)

— Ça schlingue ! (Camille)

— On a gagné ! Ce jeu, c'est bébé fafa[12] ! (encore moi)

Après la partie de cartes, nous allons rejoindre les autres au salon. Quelqu'un propose (enfin !) de mettre de la musique. Camille se penche sur un caisson rempli de disques trente-trois tours.

— Mes parents écoutent surtout des chanteurs comme Brel, Brassens et Aznavour, commente-t-elle en parcourant les pochettes.

11) Surprenant, excentrique.

12) C'est facile.

Et aussi quelques artistes plus avant-gardistes comme Les Rita Mitsouko ou Plastic Bertrand. Ah ! Et même un de tes compatriotes, Lili-Rose !

Elle me présente un disque de Robert Charlebois.

— Ce n'est pas récent, ça...

— Il a beaucoup tourné en France, il y a plusieurs années.

Camille met le disque *Québec Love* sur la table tournante. Charlebois nous emporte aussitôt dans un monde un peu psychédélique. Elle retire l'album après une seule chanson.

— C'est créatif, concède Marco.

— Et poétique, ajoute Sabine. Enfin, je pense. Je n'ai pas tout compris.

Chapitre 15

— J'aurais dû apporter mon CD du groupe Les Colocs, je vous aurais fait découvrir d'autres musiciens qui chantent en joual[13].

Je songe alors aux palmarès dont je raffole.

— Si vous ne pouviez apporter qu'un disque sur une île déserte, lequel choisiriez-vous ?

Ma question est plus embêtante qu'il n'y paraît. Tout le monde prend le temps d'y réfléchir. De mon côté, plusieurs titres me viennent à l'esprit, mais sont-ils des incontournables ? J'ai souvent acheté des albums dont je n'aimais qu'une ou deux chansons.

En mettant en commun nos préférences musicales, nous obtenons une discographie assez intéressante.

13) Parler populaire du Québec.

CHOIX DES FILLES

Backstreet Boys, des Backstreet Boys (1996) – mon choix

Come on Over, de Shania Twain (1997) – choix de Sandrine

Savage Garden, de Savage Garden (1997) – choix de Sabine

No Way Out, de Puff Daddy (1997) – choix de Camille

Pieces of You, de Jewel (1995) – choix de Magali

CHOIX DES GARÇONS

Smash, de The Offspring (1994) – choix de Marco

(What's the Story) Morning Glory ?, d'Oasis (1995) – choix de Florent

L'école du micro d'argent, d'IAM (1997) – choix de Vincent

Chapitre 15

— On n'a retenu que des titres récents ! Vous croyez qu'on manque un peu de perspective ? s'inquiète Magali.

— Personnellement, répond Sabine, j'écoute un peu de tout, selon mon humeur, y compris de vieux chanteurs que mes parents m'ont fait découvrir.

— Moi aussi, dis-je.

Marco hoche la tête.

— Une bonne chanson reste une bonne chanson, peu importe quand elle a été écrite.

Camille nous fait alors remarquer qu'il est passé minuit et que ses parents vont bientôt rentrer.

— Vous m'aidez à ranger ?

J'essuie la vaisselle que Magali a plongée dans de l'eau savonneuse. Je la remets à Florent qui est très grand (mais pas autant que Vincent-la-girafe) et qui la range sur les tablettes inaccessibles pour moi. À deux reprises, nos doigts s'effleurent et, chaque fois, je ressens une petite décharge électrique.

— On remet ça la semaine prochaine ? propose Camille au moment de se dire au revoir.

— Ouais ! Cette fois, on devrait se faire un festival de films de science-fiction ! suggère Marco, mi-sérieux, mi-blagueur.

Nous partons tous dans des directions différentes, sauf Florent qui fait un bout de chemin avec Sandrine et moi. Quand nous arrivons devant la maison des Pontcharra, il embrasse mon amie sur les joues, puis se penche vers moi pour me souhaiter à mon tour bonne nuit. Ses lèvres murmurent à mon oreille :

— J'aimerais bien te revoir…

J'ai envie de lui répondre que moi aussi, mais Sandrine me tient la porte d'entrée grande ouverte et me dévisage avec insistance. Je souris timidement à Florent et la suis à l'intérieur.

Au bout du compte, ce n'était pas du tout la soirée à laquelle je m'attendais. Mais on ne m'avait pas menti : il y a eu de la pizza, de la musique et des garçons !

Chapitre 16

DIMANCHE 19 AVRIL 1998

TEMPÉRATURE EXTÉRIEURE :
14 °C

Déjà une semaine que je suis à Paris !
Ça passe trop vite !!!

Je ne sais pas si c'est parce que je suis sur le point d'avoir mes règles, mais je suis vraiment sur les nerfs ! Je ne peux pas croire que je gaspille mon dimanche à garder les enfants Pontcharra… Je suis à Paris ! Il y a tellement de choses que j'aimerais faire, mais non ! Sandrine et moi devons surveiller la marmaille ! Maman Louve dit que c'est la meilleure manière de l'aider. Elle s'active au four-neau depuis le lever du soleil et semble vouloir se surpasser pour le repas de ce soir.

— Papa n'est pas là ? a demandé mon amie.

— Parti faire des courses.

— Et Clémentine ?

— Elle passe la journée chez son ami Manu.

J'ai cru voir de la fumée sortir des oreilles de Sandrine. Elle non plus n'est pas contente de son sort.

— Comme ça, elle peut se la couler douce et pas nous ?

Maman Louve jette à sa fille un long regard, sourcils froncés, poings sur les hanches, et dit d'une voix qui ne tolérera aucune répartie :

Chapitre 16

— Rendre service en choisissant seulement les tâches qui nous plaisent rend le geste bien moins noble.

Que voulez-vous répondre à ça ? C'est donc nous qui gardons l'œil sur les petits. À vrai dire, les quatre frères de Sandrine ne nous causent pas trop de souci. Ils se sont enfermés dans une des chambres et se partagent les manettes d'un jeu vidéo en se chamaillant de temps en temps pour savoir à qui c'est le tour.

Divertir les jumelles, c'est une autre histoire. Il pleut des cordes, si bien que nous ne pouvons pas les emmener au parc (au square, comme dit mon amie). Alors, le salon est devenu notre aire de jeu. Après y avoir érigé une tour avec des blocs de bois, nous avons construit un abri avec les coussins du sofa et colorié des dizaines de personnages avec des pastels. Là, nous commençons sérieusement à manquer d'idées. Et d'énergie. Heureusement, une merveilleuse invention vient à notre secours : la télévision !

Sandrine sélectionne Disney Channel, qui est disponible en France depuis un an, nous assurant ainsi quelques minutes de tranquillité. Mon amie profite de cette pause pour entamer la lecture d'un roman qu'elle doit résumer pour mardi prochain. Comme je n'ai pas cette obligation, je m'empare de mon carnet afin d'y noter le nom de tous ceux que j'ai croisés ces derniers jours.

FAMILLE DE SANDRINE

Jean-Pascal (Papa Ours)
Corinne (Maman Louve)
Clémentine et Sandrine
Geoffroy, Étienne, Mathias et Alix
Eugénie et Clara

Chapitre 16

AMIS DE SANDRINE

Camille, Sabine, Magali
Marco, Vincent, Florent

PARTICIPANTS AU PROGRAMME D'ÉCHANGE

Émile Perpignan (coordinateur)
Lucas (Belgique)
Dieudonné (Haïti)
Faël (Maroc)
Mariam (Côte d'Ivoire)
Ana-Malia (Nouvelle-Calédonie)
Emma (Luxembourg)

Ça fait beaucoup de nouveaux noms à retenir ! Sans oublier Mistigri, le chat de gouttière… Et le chauffeur du bus…

Mais celui-là, je ne sais pas comment il s'appelle.

Il faudrait que je trouve des totems à ma bande d'expatriés. Je trouve plus facile de me rappeler que le bouledogue s'appelle Marco ou que la panthère s'appelle Florent. Hum... Il est pas mal intrigant, ce Florent... À part son intérêt pour les échecs, je sais seulement qu'il étudie au même lycée que Sandrine, mais en commerce.

— Pourquoi je n'ai jamais vu Florent à l'école ?

Sandrine lève le nez de son livre.

— Ses cours se donnent dans une autre aile. Et puis, il reste toujours avec ses potes joueurs d'échecs. Marco, Vincent, Sabine et Magali fréquentent d'autres établissements scolaires de la région.

— C'est votre passion pour les jeux qui vous a réunis ?

— Non, nous nous connaissons depuis le jardin d'enfants.

Sandrine reprend sa lecture.

J'ai bien aimé ma soirée d'hier, ça faisait une éternité que je n'avais pas joué une partie de *Monopoly*. Ce jeu me rappelle mes étés en compagnie de Rosalie. Nous avions planté une tente dans son jardin, dans laquelle il y avait des coussins et une radio qui fonctionnait avec des piles. Nous passions des journées entières dans cette tente, même quand il pleuvait. Surtout quand il pleuvait ! C'était le meilleur moyen de fuir nos frères.

5 JEUX DE SOCIÉTÉ QUE J'APPRÉCIAIS QUAND J'ÉTAIS PETITE

1. Monopoly
2. Vas-y!
3. Uno
4. Mastermind
5. Destins

Sur le coup de dix-huit heures, j'entends la porte d'entrée s'ouvrir, puis se refermer. Les visiteurs commencent à arriver. Deux minutes plus tard, la sonnette retentit à nouveau. La maison est rapidement pleine à craquer.

Comme la semaine dernière, les enfants sont servis en premier. Cette fois, Alix, le petit frère de Sandrine, s'offusque de cette ségrégation.

Chapitre 16

— Je veux manger avec Lili-Rose !

— Voyons, sois raisonnable, tu t'assois déjà à côté d'elle tous les soirs, rétorque Papa Ours.

— Justement, il n'y a pas de raison que ce soit différent !

— Il a l'intention de te demander en mariage avant la fin de ton séjour, me glisse Sandrine à l'oreille.

Je pouffe de rire.

— C'est… euh… flatteur…

— Je l'ai même vu préparer une couronne de fleurs en papier pour la grande cérémonie. Votre différence d'âge ne semble pas l'inquiéter.

Je me penche vers Alix et dépose un baiser sur sa joue. Il rougit instantanément.

Puis, sans que je sache comment, une coupe de vin rosé se retrouve entre mes mains. Comme j'hésite à y porter les lèvres, Clémentine me souligne que sa mère l'a coupé avec de l'eau. La boisson a des accents fruités. Ce n'est pas mauvais, mais je préfère l'orangeade.

Quand vient mon tour de prendre place à table, madame Pontcharra m'apporte une assiette de poulet rôti et de curry aux lentilles. C'est tellement bon que j'en reprends une deuxième assiette. À voir le sourire de la cuisinière, j'ai l'impression que c'est le plus beau compliment que je pouvais lui faire !

Le repas se déroule encore une fois dans la bonne humeur. Je me retrouve à suivre trois conversations en même temps. Sur ma gauche, il est question d'élections municipales, sur ma droite, d'un scandale impliquant un animateur de variétés, tandis que deux oncles de Sandrine assis devant moi s'inquiètent d'une grève imminente dans les transports. Ces voix s'empilent les unes sur les autres et créent une belle cacophonie. Ça me change des repas à la maison, habituellement très calmes, sauf quand Benjamin me fait tourner en bourrique (une autre étrange expression de ma grand-mère) et que je réplique en lui lançant de la nourriture à la tête.

La conversation dévie sur le foot, et soudain, toute la tablée s'enflamme. Chacun a sa question, son commentaire, son conseil. L'entraîneur de Marseille sera-t-il limogé ? L'attaquant vedette de Barcelone est-il transférable ? Combien de temps faudra-t-il encore attendre pour voir la France gagner la Coupe du monde[14] ?

14) Le souhait de la famille Pontcharra et de millions de Français sera exaucé en juillet de cette année-là, quand l'équipe de France gagnera la finale de la Coupe du monde 3-0 contre le Brésil. Deux buts seront marqués par Zinédine Zidane, et un troisième par Emmanuel Petit. Cette victoire sera suivie d'un grand défilé sur les Champs-Élysées.

Les Pontcharra sont bavards, bruyants, généreux, authentiques. Ils m'ont accueillie à bras ouverts, moi, la petite Canadienne, la note blanche sur un clavier de touches noires, sans porter de jugement sur mon apparence, sans rire de mon accent ni de mon ignorance de certaines coutumes ou expressions. Oui, cette famille, je l'aime de tout mon cœur !

— Ce soir, c'est mon tour de faire du camping.

Sans laisser à Sandrine le temps de répliquer, je m'installe sur le lit de camp.

— Je ne sais pas pour vous, mais moi, je n'ai pas sommeil, soupire Clémentine. Tout le sucre que contenait mon dessert me donne une énergie pas possible.

Chapitre 16

— Et si on mettait un peu de musique ? propose Sandrine.

— Pas trop fort quand même, je ne voudrais pas alerter maman.

— Tu connais Indochine, Lili ?

— Je ne crois pas...

Sandrine entonne aussitôt :

« J'ai pas envie de la voir nue...

J'ai pas envie de le voir nu...

Et j'aime cette fille
aux cheveux longs...

Et ce garçon qui pourrait
dire non... »

Devant mon air perplexe, Clémentine attrape sous son lit une boîte à chaussures remplie de CD et me fait écouter chacun d'eux. Les chansons d'Indochine parlent de séduction, de baisers, d'yeux noirs… Je me demande si Rosalie connaît ce groupe.

Lorsque Clémentine jette un coup d'œil au réveil sur la table de nuit, elle se rembrunit.

— Faudrait bien dormir un peu, il y a lycée demain.

Je me glisse sagement sous mon édredon, tandis que Sandrine éteint la lumière et grimpe dans son lit. Deux minutes plus tard, elle ronfle comme un tracteur. Clémentine pouffe. Moi aussi. Et plus nous tentons de retenir nos éclats de rire, plus ceux-ci deviennent contagieux.

— … c'qui se passe ?…

Chapitre 16

Sandrine se rassied dans son lit et frotte ses yeux, puis nous dévisage avec étonnement.

– C'est déja le matin ?

Clémentine et moi explosons de rire.

Chapitre 17

MARDI 21 AVRIL 1998

TEMPÉRATURE EXTÉRIEURE :

17 °C !

Et ce n'est pas pour
ça que j'ai chaud !

J'aime bien aller à l'école et découvrir de nouvelles choses, mais comme je suis ici en simple observatrice, c'est difficile de rester motivée en classe. Ce matin, par exemple, nous étudions plein de temps de verbes que personne n'utilise au quotidien, comme le subjonctif plus-que-parfait.

Bien que nous eussions, Sandrine et moi, étudié comme des damnées, la dictée qui suivit nous parut assez compliquée.

L'après-midi, c'est pire encore ! Nous devons disséquer une grenouille ! Une grenouille vivante qu'il nous faut d'abord assommer ! Dé-gueu-lasse ! En plus, la mienne doit se douter du sort qui l'attend, car elle n'arrête pas de me filer entre les doigts. C'est finalement Sandrine qui fait le sale boulot à ma place. J'aurais vraiment préféré qu'elle étudie en arts !

Le soir venu, Sandrine et Clémentine ont encore le nez plongé dans des livres. C'est inhumain de leur imposer une telle charge de travail ! Elles devraient porter plainte à la Ligue des droits de l'Homme !

Chapitre 17

Moi, je n'en peux plus de tourner en rond dans la maison, alors je retourne me balader à vélo. En gardant le château comme point de repère, je suis certaine de pouvoir retrouver mon chemin. Sans trop m'en rendre compte, je refais le même parcours qu'avec Sandrine l'autre jour, et je me retrouve bientôt devant le domaine de Monte-Cristo. Cette fois, les jardins sont déserts. Le tournage est peut-être terminé... Non, j'aperçois deux silhouettes à une fenêtre du manoir. Je m'en approche à pas de loup. Deux hommes discutent avec animation, mais je n'arrive pas à entendre ce qu'ils se disent. Je ferais mieux de rebrousser chemin, je suis déjà culottée de revenir ici après ma bévue de la semaine dernière.

Soudain, une voix me fait sursauter.

— Ce n'est pas poli d'écouter aux fenêtres...

Je me retourne, le cœur palpitant. Le garçon qui jouait d'Artagnan est adossé à un arbre, les mains dans les poches. Il me sourit gentiment.

— Je… Ce n'est pas… En fait…

Il hausse les épaules.

— *I don't care…*[15]

— Tu… Je…

On dirait que j'ai le cerveau englué dans la confiture. D'Artagnan me regarde avec une pointe d'amusement.

— C'est toi qui as interrompu le tournage, l'autre jour ? *I noticed you. Actually, everybody did*[16].

Je rougis comme une pivoine.

15) Je m'en moque.

16) Oui, j'ai remarqué ta présence. En fait, tout le monde l'a notée.

Chapitre 17

— *Don't worry*[17], la production a des assurances pour ça.

Il continue de me dévisager avec des yeux totalement hypnotisants. Comme je reste muette, il hausse les épaules et s'éloigne en sifflotant. Je le regarde gagner l'entrée du jardin, scotchée sur place, comme si on m'avait jeté un sort. Avant de franchir la grille, d'Artagnan se retourne et me lance :

— *I want something sweet*[18]. Tu m'accompagnes ?

Mes jambes se délient enfin, ma langue aussi.

— Je m'appelle Lili-Rose Laframboise.

— Colin Monagan.

---

17) Ne t'en fais pas.

18) J'ai envie de quelque chose de sucré.

— Comment se fait-il que tu parles si bien français ?

— Ma mère est francophone, elle est née à Bordeaux. Mon père est de Liverpool.

— Comme les Beatles !

— Exact.

Colin m'explique que ses parents se sont rencontrés en Espagne, mariés en Grèce, puis qu'ils sont partis en voyage de noces autour du monde : Arménie, Bangladesh, Sri Lanka, Laos, uniquement des endroits rarement recommandés par les agences de voyages. À leur retour, ils ont décidé de publier des guides touristiques pour aventuriers. Colin est né un an plus tard.

— Dès qu'ils ont pu m'envoyer en pensionnat, mes parents

ont recommencé à explorer le globe.

Il me décoche un regard inquisiteur.

– *What's your story*[19]? D'où vient ton accent ?

– Je suis Québécoise.

– Montréal ?

– Oui.

Il lève un poing en l'air et se met à crier au milieu de la rue :

– *Go, Habs ! Go !*[20]

Je m'arrête de marcher, stupéfaite. Colin éclate de rire. Il m'explique que certains matchs des Canadiens sont retransmis

19) C'est quoi, ton histoire ?

20) Cri d'encouragement scandé par les supporters des Canadiens de Montréal.

en Europe sur une chaîne sportive qui couvre les sports internationaux.

Nous continuons d'enfiler les rues au hasard. Les mots nous viennent facilement, comme si nous étions deux vieux amis qui venaient de se retrouver après des années de séparation. Colin ne me demande pas si les Canadiens devraient échanger leur gardien de but ou si le prochain album de Soundgarden sera à la hauteur du précédent. Il me parle plutôt de voyages, de théâtre et de cinéma. Ça me change des garçons de mon école.

La souris dans ma tête commence cependant à se méfier quand nous nous retrouvons dans une ruelle mal éclairée. Ai-je raison de faire confiance à ce garçon ? Où m'emmène-t-il ? A-t-il une intention sournoise derrière la tête ? Maman ne serait pas fière de moi. Personne ne sait où je suis ni avec qui. Colin disait qu'il avait envie de sucre, mais jusqu'à présent, nous n'avons pas vu l'ombre d'une pâtisserie ou d'une confiserie.

Et s'il me poussait dans un recoin sombre pour me tripoter ? Est-ce que j'arriverais à le repousser ? Ou à crier ? Instinctivement, je saisis mon porte-clefs de Minnie Mouse. Maman m'a appris que je peux me défendre d'un agresseur avec la pointe d'une clef. Je sais aussi que je dois viser les parties sensibles d'un garçon : oreilles, nez, entrejambe. Mais pour être honnête, je n'ai pas envie de tester si ça fonctionne.

Je pousse un soupir de soulagement quand la ruelle débouche sur une artère commerciale qui longe la Seine. Plusieurs commerces sont encore ouverts. Colin me précède dans un café tapissé de vieilles publicités de cigarettes, d'apéritifs et de voitures, où nous commandons des chocolats chauds et des croissants aux amandes que nous allons déguster dehors.

Sans l'avoir planifié, j'ai une *date* – un « rencart », comme on dit ici. Ma résolution de ne plus sortir avec des garçons vient de voler en éclats !

Pour camoufler ma nervosité, je parle de toutes sortes de choses : mon enfance, mes amies, mon frère, mon ambition d'être actrice. Mais je n'embellis pas mon expérience cinématographique comme je l'ai fait avec la famille de Sandrine. Je me doute que Colin percerait facilement mes mensonges.

Il me confie qu'il a, comme moi, appris le métier en jouant d'abord dans des publicités. Après, il a décroché un premier rôle parlant, puis un deuxième plus important, et les choses se sont vite enchaînées.

— Aujourd'hui, je suis en France et j'incarne un mousquetaire. La semaine prochaine, je rentre en Angleterre, et dans un mois, j'aurai un autre engagement en Allemagne. La vie est pleine de surprises !

— J'espère que je connaîtrai ça un jour...

Je jette un coup d'œil à ma montre. Il commence à se faire tard. Maman Louve risque de s'inquiéter de ma longue absence. Colin me raccompagne au château de Monte-Cristo, où je récupère mon vélo, et lui, le scooter que l'équipe de tournage a mis à sa disposition.

Au moment de nous dire au revoir, Colin se penche vers moi. Ses lèvres effleurent ma joue. J'en ai le souffle coupé et le cœur qui bat très vite. Cependant, Colin se dégage rapidement, l'air confus. Est-ce que j'ai fait quelque chose ? Est-ce que j'ai mauvaise haleine ?

Colin grimpe sur son engin.

— Jeudi après-midi, je tournerai une autre scène. Aimerais-tu voir ça ?

J'accepte sans hésiter, oubliant complètement que j'ai école. Je regarde Colin s'éloigner en me demandant ce que je dois penser de cette soirée.

Chapitre 18

JEUDI 23 AVRIL 1998

TEMPÉRATURE EXTÉRIEURE :

24 °C !

Heureusement que je n'ai pas écouté ma mère et que j'ai apporté des débardeurs !

Ce matin, au lycée, nous recevons la visite d'un ambulancier venu donner une petite formation de secourisme. Pour l'occasion, deux classes sont jumelées. Sandrine, Camille et moi retrouvons au gymnase l'autre groupe d'élèves parmi lesquels je reconnais… Florent ! Le souvenir de notre soirée chez Camille m'arrache un doux sourire. C'est quand même étrange, quand j'y pense. Coup sur coup, deux garçons m'ont embrassée sur la joue.

Pourtant, Florent et Colin sont assez différents. Un Français et un Anglais. Une panthère et… à quel animal est-ce que je pourrais associer Colin ?

Sandrine me tire de la lune en claquant des doigts sous mon nez.

— On fait équipe, d'accord ?

— Évidemment !

L'ambulancier nous montre comment évaluer si une personne est consciente. Sandrine feint d'être évanouie tandis que je tape dans mes mains.

— Madame ! M'entendez-vous ?

— Non.

Chapitre 18

J'éclate de rire, au grand déplaisir de l'ambulancier qui me lance un regard irrité. Sandrine pose une attelle sur ma jambe, et moi, un garrot sur sa cuisse. Nous apprenons ensuite la manœuvre de Heimlich, qui permet de dégager les voies respiratoires lorsqu'elles sont obstruées. En théorie, c'est assez simple, mais en pratique, ce n'est pas si évident de faire semblant de s'étouffer. Je mets à profit mon talent d'actrice pour ajouter un peu de piquant à tout ça.

— Argh… Argh… Aaaargh !

Tout le gymnase s'esclaffe devant mes mimiques. Tout le monde, sauf l'ambulancier, qui se venge en me désignant comme cobaye pour l'exercice suivant.

— Qui voudrait pratiquer la respiration artificielle sur notre charmante victime ?

Le fameux bouche-à-bouche ? Nooon ! J'ai envie de disparaître dans le sol. Quelques garçons se donnent des coups de coude en riant. La plupart des filles, elles, semblent soulagées de ne pas être dans mes baskets. Je lorgne un instant la porte du gymnase, terriblement tentée de m'y précipiter. Le sauveteur m'ordonne de m'allonger sur un tapis de yoga. Je n'ai pas le choix d'obéir. Tout le monde me regarde. C'est très humiliant ! L'ambulancier repose sa question :

— Allons, qui aura le courage de pratiquer le souffle de vie sur notre victime ?

Un garçon se détache du groupe. Oh non ! C'est Florent ! Je veux dire… Je préfère que ce soit lui plutôt qu'un de ces idiots qui me reluquent en se tenant les côtes, mais ce n'est pas du tout comme ça que j'imaginais nos lèvres fusionner !

Chapitre 18

Florent s'agenouille près de moi et me fait un petit sourire. Comme nous venons de l'apprendre, il cherche d'abord mes signes vitaux. J'ai tellement peur d'avoir mauvaise haleine que je retiens mon souffle. Quand il se penche sur moi, la bouche entrouverte et les yeux mi-clos, mon cerveau a un court-circuit. Je me redresse brusquement, complètement paniquée, et ma tête heurte la sienne. Les yeux larmoyants, je gagne la porte du gymnase en courant, sans me retourner, et je me précipite vers les toilettes les plus proches.

J'ignore combien de temps je reste enfermée dans ma cabine, assise sur la cuvette froide, à sécher mes larmes. Quelqu'un finit par entrer dans la pièce et frapper contre la cloison.

— Tu peux sortir, Lili-Rose, le cours est terminé.

Je reconnais la voix de Sandrine.

— Je préfère mourir ici plutôt que risquer de croiser Florent.

— Ce n'était pas cool de t'obliger à faire cet exercice. À ta place, je me sentirais humiliée.

Je renifle un bon coup.

— Merci de dire ça.

— Allez, viens, tu ne risques pas de revoir Florent aujourd'hui. En te relevant, tu lui as cassé le nez, il est parti à la clinique.

— Nooon !

Je retire le verrou de ma cabine.

Chapitre 18

— Je suis désolée !!! Est-ce qu'il va bien ?

— Ne t'en fais pas, il sera le premier à rire de cet incident. En revanche, monsieur Laurent faisait pitié.

— Mais je ne l'ai pas touché, lui !

— C'est juste, mais à la vue du nez ensanglanté de Florent, il s'est évanoui... Tu imagines ? La honte !

Après cette terrible mésaventure, je suis autorisée à rentrer à la maison. Madame Pontcharra me prépare un bol de bouillon de bœuf qu'elle accompagne d'une miche de pain aux noix et d'un bloc de fromage de chèvre. Je mange sans grand appétit, songeant à Florent et à son nez ensanglanté, à Colin sur sa mobylette, puis de nouveau à Florent, et encore à Colin…

Citron de citron ! Colin ! Il m'a donné rendez-vous cet après-midi ! Je finis de manger en quatrième vitesse et grimpe à l'étage arranger mes cheveux et mettre du gloss sur mes lèvres. Je redescends prévenir Maman Louve que je pars faire un tour en vélo. Elle me détaille de la tête aux pieds.

— Tu t'es vite remise de tes émotions…

J'ai le sentiment que ses yeux projettent des rayons X et qu'elle devine que je m'en vais retrouver un garçon.

— Sois prudente.

— Oui, promis.

Chapitre 18

Colin m'attend à l'entrée du domaine de Monte-Cristo.

— Regarde ce que je t'ai trouvé ! Avec ce badge, tu pourras te promener partout sur le plateau.

Je glisse le laissez-passer autour de mon cou.

— Viens, le tournage va reprendre d'une minute à l'autre.

Colin me conduit derrière le manoir, où un accessoiriste achève de mettre en scène un pique-nique.

— Le réalisateur dit qu'Alexandre Dumas était un bon vivant et que ça se reflète dans ses livres. Installe-toi ici, je vais me changer.

Je m'assois sur un tabouret et profite de son absence pour observer le travail des acteurs et des artisans. Colin est bientôt de retour. Le réalisateur lance la séquence.

— *Action !*

Les mousquetaires commencent à discuter d'un complot qui menace la reine de France en se passant un pichet de vin. Je parie qu'en réalité, c'est du jus de raisin.

— *Cut*[21] *!*

Un des acteurs a oublié sa réplique. Le réalisateur reprend la scène.

— *Action !*

Les mousquetaires se partagent maintenant du poulet froid et du pain brioché. Ils font semblant de manger, car la

21) Coupez !

bouche pleine, ils auraient bien du mal à se donner la réplique.

— *What the… Cut*[22] !

Cette fois, le réalisateur a aperçu une montre au poignet de Porthos. Méchant anachronisme ! Il faut à nouveau tout reprendre. Je n'aurais jamais pensé que c'était aussi compliqué de filmer un pique-nique. Heureusement que le temps est au beau fixe. C'est le défi de filmer en extérieur : les spectateurs réaliseraient vite qu'une scène débute sous un ciel bleu et se termine sous des nuages gris.

La prise suivante est la bonne. Tant mieux, je commence à avoir mal aux fesses. Tandis que Colin retourne dans sa roulotte se changer, je m'amuse à faire la liste de ce que j'apprécie chez lui.

22) Qu'est-ce que… Coupez !

COLIN MONAGAN EST :

1. Cultivé
2. Mignon
3. Curieux
4. Intelligent
5. Un acteur, comme moi !

Ah ! Revoilà Colin ! Il a enfilé un jean et un t-shirt blanc. Totalement craquant !

— Je voulais te prévenir que le tournage s'achève. Dans deux jours, toute l'équipe rentrera en Angleterre.

Ma déception doit être visible, car Colin me propose d'aller dévaliser une confiserie. Enfin, façon de parler. J'enfourche mon vélo, et lui, sa mobylette. Nous y sommes en quelques minutes.

Chapitre 18

— C'est ici !

— La dent sucrée ? Ce commerce porte bien son nom !

— Le plus amusant, c'est qu'un dentiste a ouvert son cabinet juste à côté !

Nous achetons des sucres d'orge multicolores que nous allons déguster au bord de la Seine. Tout en les suçant, nous continuons de parler théâtre et cinéma.

— Ma grande crainte, m'avoue Colin, c'est d'être éternellement associé à des rôles de bon garçon, d'amoureux naïf. J'aimerais interpréter plein d'autres personnages. Un policier ténébreux, par exemple.

— Moi aussi, je voudrais jouer des personnages variés. Mais je commence à peine dans le métier, alors je suis prête à prendre tout ce qu'on m'offrira.

Notre conversation dévie sur les gens qui nous inspirent. Je lui parle de mamie et de ses dictons. En plus, elle est toujours souriante, malgré la maladie qui l'afflige. Colin m'avoue que sa grand-mère paternelle est, elle aussi, un sacré phénomène.

— Elle aime les voiliers dans des bouteilles. Sa maison en compte plus de deux cents ! Chacun a une place assignée. Il ne faut surtout pas les déplacer, sans quoi elle menace de nous déshériter.

— Moi, ma grand-maman collectionne les chapeaux. Quand j'étais petite, je passais des heures devant un miroir à les essayer.

— C'est peut-être de là que te vient ton envie de jouer.

— Je n'y avais jamais pensé.

Je jette un coup d'œil à ma montre.

— Citron de citron ! Le temps passe toujours trop vite avec toi. Je ferais mieux d'y aller.

Colin me raccompagne à mon vélo. Comme la dernière fois, il se penche pour m'embrasser sur la joue. Après une brève hésitation, ses lèvres se posent plutôt sur les miennes. Je suis totalement prise par surprise. C'est un baiser sec, furtif, maladroit. Colin recule d'un pas. Il a le visage cramoisi quand il marmonne :

— *I have to go*[23]...

23) Je dois y aller...

Après un regard que je n'arrive pas à interpréter, il enfourche sa mobylette et disparaît au coin de la rue.

Chapitre 19

ENCORE JEUDI 23 AVRIL 1998

TEMPÉRATURE EXTÉRIEURE :

19 °C

Dans mon baladeur : *Bitter Sweet Symphony*, de The Verve

Un peu après le dîner, le téléphone sonne. Et c'est pour moi ! Maman m'appelle d'outre-mer. Trop chouette ! J'ai une tonne de choses à lui raconter. Cependant, dès ses premiers mots, je sens qu'il se passe quelque chose de grave. Je perds définitivement mon sourire quand elle m'annonce :

— Ta grand-mère est décédée.

Je manque de lâcher le téléphone tandis que ma mère continue de parler d'un ton monotone. Elle dit qu'elle hésitait à m'appeler, elle ne voulait pas gâcher mon voyage. Je ne sais pas comment je suis censée réagir. Je réponds machinalement à ses questions. Oui, je vais bien. Oui, Sandrine est gentille. Oui, je mange à ma faim (trop, même). Nous n'avons bientôt plus rien à nous dire. Je raccroche un peu brusquement, tandis que des larmes roulent sur mes joues.

Le père de Sandrine éteint la télévision, s'approche, hésite une seconde, puis m'enlace dans ses bras noueux. Je laisse mes larmes couler sans retenue. Peu à peu, ma respiration s'apaise. Papa Ours desserre son étreinte.

— Je... Merci...

Il se contente de hocher la tête d'un air entendu. Je vais me blottir dans un fauteuil, les genoux ramenés vers moi, la tête posée sur mes avant-bras. Je savais ma grand-mère malade, je constatais bien qu'elle perdait la mémoire aussi, mais je ne m'attendais pas du tout à ce qu'elle meure si vite. J'essaie de me rappeler notre dernière conversation. C'était avant notre voyage en Floride. Mamie m'avait convaincue de profiter de ces vacances, elle disait que la vie est courte et qu'il faut saisir chaque occasion qu'elle nous offre d'expérimenter quelque chose de mémorable. Maintenant, elle ne pourra plus mettre son propre conseil en pratique. C'est super nul.

Je m'en veux, j'aurais dû aller la voir quand nous sommes revenus de vacances. Je ne l'ai pas fait, j'étais trop occupée, et maintenant, il est trop tard. Mes larmes recommencent à couler.

Madame Pontcharra m'apporte une tasse de thé et prend place à côté de moi. J'évite de croiser son regard. Je n'ai pas envie de parler. J'espère que les garçons vont continuer de jouer à l'étage et que Clémentine et Sandrine ne rentreront pas tout de suite de la bibliothèque. Elles m'avaient proposé de les accompagner, mais j'ai refusé parce que j'avais trop mal au ventre. Maudites menstruations ! Si j'étais partie avec elles, j'aurais manqué l'appel de maman et je ne serais pas aussi malheureuse ! Mais je suppose qu'elle m'aurait rappelée plus tard, je n'aurais que repoussé l'inévitable… J'essuie mon nez sur le revers de ma manche. (Je sais, c'est impoli, mais je m'en fous.)

— Parle-moi d'elle…

Je prends une gorgée de thé pour éviter d'avoir à répondre. Dans la pièce d'à côté, j'entends Papa Ours et les fillettes s'amuser. Pour eux, la vie continue, comme si de rien n'était. Moi, ma vie ne sera plus jamais la même.

Chapitre 19

Au téléphone, maman m'a dit que le service funéraire sera organisé après mon retour. Je pourrai donc faire mes adieux à mamie. Cela me semble bien loin. Trop loin. Je ne tiendrai pas jusque-là.

— Ne le prenez pas mal, madame Pontcharra, mais je veux rentrer chez moi et serrer dans mes bras les gens que…

Ma voix s'étrangle et je recommence à pleurer comme un bébé. Je pleure tellement fort qu'Alix et Mathias déboulent de l'escalier en se demandant ce qui se passe, Étienne et Geoffroy sur leurs talons. Tous les quatre s'immobilisent en me voyant les yeux rougis, la morve au nez.

— Ça ne va pas, lance Mathias en secouant la tête, faut aller chercher une serpillière, le plancher va bientôt être inondé.

Je pouffe de rire malgré moi. Et ça me fait le plus grand bien. Au même moment, comme dans une pièce de théâtre bien orchestrée, Clémentine et Sandrine pointent le bout de leur nez, les bras chargés de livres. En quelques mots, Maman Louve leur explique la cause de mon chagrin.

— Pauvre Lili ! soupire Sandrine en faisant un pas vers moi.

Je ne veux pas être prise en pitié. Je me relève brusquement, décidée à faire ma valise et à rentrer chez moi.

Comme s'il devinait ce que j'ai en tête, Alix s'élance vers moi et enlace mes jambes de ses petits bras. Maman Louve pose une main bienveillante sur mon épaule. Puis, Sandrine et Clémentine viennent à leur tour me faire un câlin.

Chapitre 19

Comme s'ils n'attendaient que ça, les autres garçons viennent se blottir contre nous. Enfin, Papa Ours nous rejoint avec les jumelles dans les bras. Nous restons là, collés, je ne sais combien de temps. Des larmes coulent à nouveau sur mes joues, mais cette fois, elles ne contiennent pas uniquement de la tristesse, elles témoignent aussi d'un sentiment de gratitude.

— Je ne voudrais pas paraître ingrate, mais je commence à manquer d'air…

Quelques rires fusent, et l'étau se desserre.

— Merci à tous… Je…

— Nous aussi, on t'aime, m'assure Maman Louve, devinant quels sont les deux mots que je n'arrive pas à prononcer.

Épuisée par toutes ces émotions, je monte m'allonger. Je songe longuement à ma grand-mère. Ce sont d'abord certaines odeurs qui me reviennent en mémoire. Celle des bonbons à la menthe qu'elle nous offrait quand nous allions lui rendre visite. Ou des tartes au sucre qu'elle aimait cuisiner. Je me souviens particulièrement bien de l'odeur entêtante de son parfum. Ma grand-mère était coquette, elle ne sortait jamais sans se parfumer et se maquiller, même pour aller à la supérette. Et elle mettait toujours un chapeau. Je me demande ce qu'il va advenir de sa collection. Peut-être que nous pourrions en faire don à un musée ? Oui, c'est une bonne idée ! Comme ça, mamie ne sera jamais oubliée.

Chapitre 20

VENDREDI 24 AVRIL 1998

TEMPÉRATURE EXTÉRIEURE :

18 °C, avec quelques nuages

Aujourd'hui, je vis des hauts et des bas !

À mon réveil, ma décision est prise : je vais poursuivre mon voyage. D'abord, je n'ai pas trop le choix, mon billet d'avion n'est pas échangeable. Et puis, ce n'est pas en broyant du noir que je ferai revivre ma grand-mère. Elle serait même fâchée que je me referme sur moi-même comme une huître. *The show must go on*[24], comme disent les artistes.

24) Le spectacle doit continuer.

J'ai quand même une raison de sourire. Aujourd'hui, je vais réaliser mon rêve de visiter la tour Eiffel ! Plus jeune (je crois que c'était avant mon entrée en maternelle), papa avait peint ma chambre aux couleurs de la Ville Lumière. C'était grandiose ! Sur les murs se découpait la silhouette de l'Arc de Triomphe, de la cathédrale Notre-Dame et de la fameuse tour Eiffel, dont la pointe touchait presque le plafond. Ici et là, il avait disséminé dans sa fresque de petits trésors. Avant de m'endormir, je les passais systématiquement en revue : l'oiseau sur un toit, le chat dans un arbre, la bicyclette bleue appuyée contre une bouche d'incendie, le cerf-volant qui semblait vouloir se sauver par ma fenêtre. Si j'en oubliais un, je devais reprendre la séquence en entier, sans quoi je n'arrivais pas à dormir.

J'ai conservé ce décor jusqu'à l'âge de douze ans. Deux couches de peinture plus tard, l'œuvre de mon père avait disparu. J'ai ensuite placardé mes murs de dessins, de photos d'amies et de posters de stars. Ma chambre est encore sensiblement la même aujourd'hui.

Je prends mon petit-déjeuner en compagnie de Sandrine et de sa mère. Comme de coutume, Papa Ours est déjà parti travailler et les garçons sont à l'école. Les jumelles s'éveillent, je les entends babiller. Clémentine, elle, dort encore. Elle est sortie hier soir après que je suis montée me coucher. Et elle est revenue très tard. Ça a fait des histoires, semble-t-il, parce qu'elle n'a pas respecté le couvre-feu convenu avec ses parents. Sandrine pense qu'elle a un amoureux, Manu, mais personne ne l'a encore rencontré, ce qui fait dire à Étienne que ce garçon n'existe que dans l'imagination de sa sœur.

— Clem va être en retaaard pour le lyyycée, chantonne Sandrine en me décochant un clin d'œil.

— Je m'occupe de ta sœur et toi, tu t'occupes de tes oignons, rétorque Maman Louve en se levant de table.

Elle monte réveiller son aînée. S'ensuivent de terribles hurlements. Mais ce n'est pas Clémentine qui proteste avec cette énergie. Ce sont les jumelles qui refusent de s'habiller. C'est comme ça presque tous les matins. S'il fallait les écouter, ces fillettes passeraient leurs journées en body. Elles se débattent et crient tellement que j'entends à peine le téléphone sonner. Sandrine décroche, mais avant qu'elle ait eu le temps de dire un mot, Clémentine se pointe en catastrophe, les yeux collés de sommeil, les cheveux en bataille.

Chapitre 20

– C'est Manu ?

– Non... C'est... pour Lili-Rose...

Mon cœur s'arrête de battre. Est-il cette fois arrivé quelque chose à Benjamin ? Je saisis le combiné comme si c'était une grenade sur le point d'exploser.

– Lili-Rose ? Émile Perpignan à l'appareil.

Je pousse un soupir de soulagement en reconnaissant la voix du coordinateur. La communication est cependant mauvaise, je ne capte qu'un mot sur deux.

– Le bus... panne... rejoindre... pied de la tour... impossible... te chercher...

Je comprends que je dois retrouver les autres par mes propres moyens au pied de la tour Eiffel. Un peu (beaucoup) stressant, mais je suis une grande fille, je peux faire ça. C'est la tour Eiffel, après tout, je ne peux pas la manquer !

Sandrine me conseille de prendre le RER, qui est un train de banlieue, et de descendre à la gare Champ de Mars. Voilà un nom qui ne sera pas difficile à retenir : une station du métro de Montréal s'appelle aussi comme ça.

— La gare de Saint-Germain n'est qu'à cinq minutes de marche. Je t'accompagnerais bien, mais j'ai un test hyper important ce matin…

— Ne t'en fais pas, je me débrouillerai. Je ne voudrais pas que tu récoltes un zéro à cause de moi.

Je monte me préparer. Après avoir noué mes cheveux en queue de cheval et brossé mes dents, je glisse dans mon sac à dos mon portefeuille, mon passeport (pour prouver mon identité en cas de pépin), mon appareil photo, des mouchoirs, un miroir de poche, du brillant à lèvres, mon carnet des Backstreet Boys et un stylo qui peut écrire de quatre couleurs différentes.

Les jumelles ont cessé de crier. Je risque un coup d'œil en passant devant leur chambre. Madame Pontcharra est parvenue à leur mettre une salopette en jean, mais les fillettes ont encore le torse nu. J'imagine que c'est un compromis.

Dehors, un long coup de klaxon se fait entendre. Quelqu'un serait-il finalement venu me chercher ? Je jette un œil par la fenêtre du salon. Une petite Citroën est garée en double file.

— C'est Manu ! annonce Clémentine en traversant la maison en coup de vent. Bonne journée, tout le monde !

Elle disparaît en claquant la porte.

Trouver la gare est un jeu d'enfant. Elle me fait penser à ces maisonnettes qu'on place sous le sapin de Noël. Sandrine m'a expliqué que le Réseau express régional compte près de deux cent cinquante stations réparties sur cinq lignes différentes. C'est plus de ramifications que le métro de Montréal, mais comme la gare de Saint-Germain-en-Laye est située au bout de la ligne rouge, je ne peux faire autrement que partir dans la bonne direction !

J'achète un ticket, grimpe à bord du train et repère une place libre près d'une fenêtre. Le convoi s'ébranle peu après. Je regarde défiler le paysage tandis qu'un haut-parleur annonce le nom de chaque gare où nous faisons halte. Je me tiens prête. Dès que j'entendrai « Champ de

Mars », je descendrai retrouver mes amis.

Les minutes passent. Les gares défilent les unes après les autres. Est-ce que c'est censé être si long de gagner le cœur de Paris ? Est-ce que j'ai raté mon arrêt ? J'hésite à demander de l'aide, je n'ai pas envie de passer pour une étourdie. Je demeure assise bien sagement tandis que le train continue de filer sur la ligne rouge. Au bout d'un temps interminable, une voix annonce :

> – Terminus de Marne-la-Vallée-Chessy. Tous les voyageurs sont priés de descendre.

Ça, ce n'est pas normal. Je descends sur le quai et repère une carte du réseau épinglée sur un panneau. Je réalise ma méprise. Il aurait fallu que je change de train à la gare Charles de Gaulle ! Citron de citron, Sandrine aurait pu me prévenir, ça m'aurait évité ce détour à l'autre bout de Paris !

Je reprends le train en sens inverse en portant attention au nom des gares qui défilent les unes après les autres : Torcy, Neuilly-Plaisance, Vincennes…

Quand nous arrivons à Charles de Gaulle, j'attrape mon sac à dos et je descends sur le quai. En suivant les panneaux indicateurs, je rejoins une autre ligne de train. Un quart d'heure plus tard, je franchis les portes de la gare Champ de Mars. Ouf ! Émile Perpignan est là en compagnie des autres étudiants ! Ils m'ont attendue !

— Te voilà ! J'étais tellement inquiet, j'allais appeler les gendarmes !

J'ai envie de lui répondre que c'est un peu sa faute si je me suis perdue dans

Chapitre 20

Paris, mais je suis trop subjuguée par la tour Eiffel qui se dresse devant moi, plus belle, plus haute et plus majestueuse que tout ce que j'avais imaginé.

Emma m'entraîne dans une séance de photos endiablée. Nous prenons tour à tour des poses cocasses ou charmantes devant le plus célèbre monument de Paris. Émile nous rappelle bientôt à l'ordre.

— Voici vos tickets d'entrée. Maintenant, partons à l'assaut de cette dame de fer !

— On va grimper… jusqu'à son sommet ? s'inquiète Ana-Malia.

— Commençons déjà par les quelque six cents marches qui nous séparent du deuxième étage, qu'en dites-vous ?

Les garçons se consultent du regard et s'élancent sans plus attendre. Nous les retrouvons, une soixantaine de marches plus loin, assis par terre, le visage blême, pris d'un point de côté.

— Debout, fainéants ! se moque Émile.

Nous les doublons en ricanant. Piqués dans leur orgueil, les garçons reprennent l'ascension. Le premier étage se trouve à cinquante-sept mètres au-dessus du sol. Le temps d'y arriver, j'ai les cuisses en feu et le souffle court. Mais ça valait la peine, la vue est superbe. Des panneaux d'information nous apprennent que la tour Eiffel mesure trois cent vingt-quatre mètres, en comptant les antennes de télé et de radio fixées à son sommet. Lors de son érection, c'était la plus haute construction du monde. Elle a perdu ce titre en 1930 lors de l'inauguration du Chrysler Building à New York. Ça reste quand même ma tour préférée.

Chapitre 20

Après avoir récupéré, nous repartons vers le deuxième étage, cent quinze mètres plus haut. De grosses gouttes de sueur coulent dans mon dos, et j'ai les jambes tellement lourdes que je dois tenir la rampe à deux mains pour monter les dernières marches. Cette fois, la vue est giga trop cool ! Je peux admirer Paris à des kilomètres à la ronde ! Tout en bas, les bateaux-mouches qui naviguent sur la Seine ont l'air de jouets pour enfants, et les piétons, de simples fourmis.

— Je vois le Louvre là-bas ! s'exclame Faël en pointant la fameuse pyramide de verre.

À l'aide d'un plan de la ville, nous nous amusons à repérer d'autres bâtiments.

— Lili-Rose, viens voir ça !

Lucas est penché au-dessus d'un carreau de verre inséré dans le sol. La vue en plongée est vertigineuse, et je préfère reculer d'un pas. Un peu superstitieuse, je scrute le ciel en quête d'une soucoupe volante. En décembre dernier, j'ai vu au cinéma le film Mars Attacks ! La tour Eiffel y était détruite par d'impitoyables extraterrestres. Heureusement, je n'aperçois aucun Martien à l'horizon.

Il est bientôt l'heure de redescendre. En principe, cette partie du périple devrait être plus facile, mais j'ai les jambes tellement molles que ça me prend une éternité pour rejoindre le plancher des vaches. En m'effondrant dans l'herbe, je pousse un soupir de soulagement. J'ai vaincu la tour Eiffel ! Prochaine étape, le mont Everest ?

Chapitre 20

Pour nous remettre de nos émotions, nous allons manger dans un restaurant libanais.

— Qu'est-ce qu'on fait cet après-midi ? demande Faël, la bouche pleine de couscous.

— Après avoir monté si haut, nous allons maintenant descendre sous terre !

Nous pouffons de rire, mais Émile est sérieux.

— Je vous emmène visiter les égouts de Paris !

— Mais ça risque de sentir affreusement mauvais ! s'inquiète Emma.

— Et on va sûrement se salir ! ajoute Ana-Malia.

— À votre place, je m'inquiéterais surtout des rats, lance Lucas avec un sourire espiègle. Il paraît qu'ils sont aussi gros que des porcelets.

— Sans oublier les alligators ! renchérit Dieudonné.

Les garçons éclatent de rire en contemplant nos visages catastrophés.

Heureusement pour nos jambes fatiguées, le Musée des égouts de Paris n'est qu'à cinq minutes de marche. Pour y accéder, il faut encore emprunter un escalier. Les quarante-deux marches (je les ai comptées) nous mènent loin sous terre, où d'étranges effluves montent à nos narines.

— Ça sent moins fort que j'aurais cru, dis-je à Emma.

Chapitre 20

— Je n'aime pas ça… Oh ! Je n'aime vraiment pas ça ! gémit Ana-Malia en s'immobilisant au milieu de l'escalier.

— Tu es claustrophobe ? Donne-moi la main, lui propose Mariam.

Moi, je n'ai pas peur des espaces clos, mais j'ai une imagination sans limites. Ce sont les ombres et les bruits suspects qui m'inquiètent. À tout moment, je m'attends à voir apparaître une bête velue aux yeux injectés de sang.

Nous explorons un véritable réseau de galeries, de collecteurs d'eaux usées et de conduits en tout genre. Je suis étonnée d'apprendre que certaines salles ont même servi de cachette aux Parisiens qui résistaient aux nazis durant la Deuxième Guerre mondiale.

Même si nous ne croisons aucun rat, je suis tout de même soulagée de revenir à la surface et d'emplir mes poumons d'air frais. Ana-Malia aussi ; elle commençait à avoir le teint gris.

— La semaine prochaine, souligne Émile, ce sera déjà notre dernière sortie éducative. Pour l'occasion, je vous réserve une belle surprise.

Nous nous demandons bien ce que ça peut être. Un tour de bateau-mouche ? Une envolée en montgolfière ? Oh ! Peut-être une visite de Versailles ? J'aimerais tellement ça ! Émile refuse cependant de nous en dire plus, même sous la menace de chatouilles.

Chapitre 21

SAMEDI 25 AVRIL 1998

TEMPÉRATURE EXTÉRIEURE :

16 °C, ciel variable

Mon humeur aussi…

Le tournage de la BBC se termine aujourd'hui, et j'aimerais beaucoup revoir Colin avant qu'il plie bagage, mais j'ai aussi promis à Sandrine que nous irions faire du shopping toutes les deux. C'est dans ces moments-là que j'aimerais avoir le pouvoir de me dupliquer. Je pourrais en même temps aller à l'école et rester dans mon lit !

5 SUPER POUVOIRS QUI FONT RÊVER

Voler.

Devenir invisible.

Me cloner à volonté.

Me téléporter.

Prédire l'avenir.

J'imagine que des garçons doivent penser à des pouvoirs différents, comme l'immortalité ou une force surhumaine. Mais ça m'apporterait quoi d'être capable de soulever une locomotive ? Et quand bien même je vivrais mille ans, si les gens que j'aime sont morts depuis longtemps, quel intérêt ? Je préférerais me téléporter instantanément au centre commercial. Ou pouvoir devenir invisible et entrer sans payer au cinéma. Bon, ce ne serait pas très honnête, je l'avoue, mais ça serait quand même excitant, non ?

Je propose donc à Sandrine que nous retournions voir le beau d'Artagnan avant d'aller faire du shopping en après-midi. Oui, je sais, j'ai dit que je ne voulais pas de copain, et c'est encore vrai. Mais Colin a quelque chose de différent des autres.

À mon grand bonheur, Sandrine est d'accord avec mon plan.

— Prends la bicyclette de Clémentine, elle n'en aura pas besoin aujourd'hui.

— Ah bon ?

— Elle est encore chez Manu. Et tu sais quoi ? Ce n'est pas un garçon.

— Tu veux dire que...

— Oui ! Emmanuelle, de son vrai nom, est *l'amoureuse* de Clem.

— Wow !

— Tu dois garder ça pour toi, ma sœur ne l'a pas encore présentée aux parents. Je pense qu'elle craint leur réac.

— Voyons, ce sont les gens les plus accueillants que je connaisse ! Ils vont être ravis de faire sa connaissance !

— C'est ce que je m'évertue à lui répéter. Quand ma sœur se sentira prête, elle leur confiera son secret. En attendant, ça ne sert à rien de la brusquer.

Chapitre 21

Sitôt notre petit-déjeuner englouti, nous nous rendons au domaine de Monte-Cristo.

— Tiens, il y a un agent de sécurité à l'entrée du jardin. C'est nouveau, ça.

— Et il n'a pas l'air commode, opine Sandrine.

Je montre le laissez-passer que Colin m'a remis l'autre jour. Le vigile y jette un bref coup d'œil et hoche la tête. Nous pouvons entrer.

Aujourd'hui, l'équipe de la BBC filme une scène mettant aux prises d'Artagnan et un lieutenant du cardinal de Richelieu. Nous restons à bonne distance et gardons le silence pour ne pas déranger les acteurs. Lorsque le metteur en scène réclame une pause, mon amie se tourne vers moi.

— Dis donc, Colin est plus mignon que dans mon souvenir.

— C'est parce qu'il faisait sombre, l'autre soir. Honnêtement, il est presque aussi beau que Leonardo Di Caprio.

Une technicienne qui passe à proximité secoue la tête.

— Vous perdez votre temps, nous glisse-t-elle. Vous n'êtes pas du tout son genre.

Je lui décoche un regard assassin. Qu'est-ce qu'elle en sait, cette chipie ?

La scène reprend. De la pointe de son épée, d'Artagnan lacère le bras de son rival. La chemise rougit. Je connais le truc : quelqu'un a placé une pochette de faux sang sous la tunique du comédien. La joute se poursuit. D'Artagnan marque son adversaire à deux autres reprises.

— *I will probably kill you the fourth time*[25], annonce-t-il.

Mais plutôt que de l'embrocher, d'Artagnan propose au comte de Rochefort de faire la paix. Celui-ci accepte la main tendue. La scène prend fin dans un tonnerre d'applaudissements. Les caméras cessent de filmer, les lumières s'éteignent et les techniciens commencent à remballer le matériel (le « matos », comme dit Sandrine).

Colin est déjà parti se changer, je pense qu'il n'a même pas réalisé que nous étions là. Sandrine et moi allons l'attendre devant sa caravane. Nous patientons un bon moment. Une éternité, même. Enfin, un acteur quitte la caravane. Mais ce n'est pas Colin. Je lui demande, en anglais :

25) La quatrième fois, je vais probablement vous tuer.

— *Could you tell Colin Monagan that his friends are waiting for him*[26]*?*

—*He's over there*[27]*.*

Du pouce, il nous désigne l'arrière de la caravane, où une tonne d'équipement audiovisuel est entreposée. Entre deux caisses, nous trouvons Colin et un autre garçon en train de se chamailler. C'est du moins ce qu'enregistre mon cerveau au premier coup d'œil. Mais ces deux-là ne se chamaillent pas. Personne ne se bat en se caressant les fesses. Je réalise alors ce que j'ai devant les yeux. J'ai à la fois envie de jurer, de crier, de pleurer et de disparaître sous terre, mais je reste pétrifiée comme une statue pleine de crottes d'oiseaux devant cette scène irréelle.

Sandrine tire sur ma manche.

26) Pourriez-vous dire à Colin Monagan que ses amies l'attendent ?

27) Il est par là-bas.

Chapitre 21

— Viens, Lili…

Colin remarque alors notre présence et s'écarte brusquement de l'autre garçon. Dans son regard, je lis de la confusion, de l'inquiétude aussi. Je secoue la tête, tourne les talons et file vers la sortie. Je ne veux pas d'excuses ni d'explications.

— Je suis désolée, gémit Sandrine en m'emboîtant le pas.

J'essaie tant bien que mal de lui cacher mes larmes. Ce n'est pas sa faute, elle n'y est pour rien.

Comme nous arrivons à l'entrée du parc, j'entends Colin qui s'amène au pas de course.

— Lili-Rose, attends !

Je choisis de l'ignorer et continue de marcher vers ma bicyclette. Colin m'attrape par le bras, mais avant que j'aie le temps de protester, Sandrine intervient :

— Toi, lâche-la immédiatement.

Colin retire sa main comme s'il s'était brûlé les doigts.

— Es-tu fâchée ? me demande-t-il.

Je me retourne, des éclairs dans les yeux.

— Qu'est-ce que tu crois ? Que je suis folle de joie ?

Colin baisse la tête et marmonne qu'il ne m'avait fait aucune promesse. S'il m'a embrassée, l'autre jour, c'était pour vérifier comment c'était avec une fille. L'absence de frisson lui a confirmé ce qu'il suspectait : il préfère vraiment les garçons.

Chapitre 21

Je ne sais plus quoi penser. J'ai présumé qu'il était hétéro, mais le contraire est évidemment possible. L'orientation sexuelle des gens n'est pas écrite sur leur front.

— Là, je comprends pourquoi la technicienne disait qu'on n'est pas ton genre, commente Sandrine.

Colin a un mince sourire.

— Tu m'as utilisée comme cobaye, dis-je. J'aurais préféré que tu sois honnête avec moi…

Colin reconnaît qu'il a mal agi. Il me dévisage avec des yeux suppliants. C'est dur de rester fâchée contre lui. Il me fait penser à un animal effarouché, fragile, un faon. Oui ! Voilà ! C'est ça, son animal totem !

Je prends une grande inspiration et décide de tourner la page. Son ami est resté en retrait, je lui fais signe d'approcher.

— Votre équipe en a probablement pour des heures avant d'avoir tout chargé dans les camions. Sandrine et moi allons nous promener et faire du shopping. Ça vous dirait de venir avec nous, toi et…

Je désigne son ami du menton. Le visage perplexe de Colin s'illumine.

— Bradley, il s'appelle Bradley. Ce serait cool ! Donne-nous deux minutes pour rassembler nos affaires, et on vous suit.

Les garçons s'éloignent en parlant à voix basse. Sandrine se tourne vers moi, les yeux écarquillés. Je suppose qu'elle va me demander quelle mouche m'a piquée de les inviter, mais voilà qu'elle me serre dans ses bras ! C'est vraiment une drôle d'habitude chez les Pontcharra !

— Tu es vraiment chouette, comme amie.

Je recule d'un pas.

— Ne me dis pas que tu as envie de m'embrasser ?

Sandrine se tord de rire.

— T'inquiète ! Moi, c'est le grand Vincent que je reluque.

Son visage s'assombrit quand elle ajoute :

— Mais lui n'a d'yeux que pour Magali, qui en pince pour Marco.

– C'est bien compliqué, l'amour…

– À qui le dis-tu !

Chapitre 22

ENCORE SAMEDI 25 AVRIL 1998

TEMPÉRATURE EXTÉRIEURE :

inchangée

C'est stressant,
d'avoir des frères !

Les garçons sont de retour.

– Prêts à courir les brocantes ?

– Il faut que nous soyons revenus pour quinze heures, répond Colin.

Sandrine le rassure : ce n'est pas un problème.

— Je vous emmène au Marché aux puces Dauphine. C'est une vraie caverne d'Ali Baba ! Mais le mieux, pour gagner du temps, serait de convaincre mon père de nous y conduire.

Nous retournons tous les quatre chez les Pontcharra. Papa Ours est d'accord pour faire le taxi à condition que nous prenions avec nous Étienne et Geoffroy.

— Leur entraînement de foot a été annulé, ils se morfondent à la maison, les pauvres.

— Ah non ! Pas question de jouer au chaperon avec ces deux-là ! proteste Sandrine.

— Alors, je vous conseille d'emporter des parapluies, le ciel se couvre.

Chapitre 22

Il replonge le nez dans son journal.

— Bon, ça va, ils peuvent venir, concède Sandrine.

Vingt minutes plus tard, Papa Ours nous dépose devant un bazar comme je n'en ai jamais vu. Sur deux étages s'entassent des centaines d'objets hétéroclites : coqs empaillés, pinceaux d'artiste, vêtements reprisés, bouteilles vides, statuettes en porcelaine, bobines de fil et bien d'autres vieilleries. J'aperçois aussi des meubles décapés, des boîtes de cigares, des téléphones à cadran et de petits appareils ménagers. Un peu plus loin, des plants de courge poussent dans des caissons en bois à côté de présentoirs de bijoux artisanaux, de figurines militaires et de flacons de parfum contrefaits. Il y a de tout, pour tous les goûts !

Tandis que Geoffroy et Étienne se penchent sur une caisse pleine de jeux vidéo, Colin et Bradley se dirigent vers une table de livres usagés.

— Tu aimes les chaussures ? me demande Sandrine.

— Oh oui !

— Suis-moi.

Elle me guide vers un recoin où s'empilent des tonnes de chaussures de toutes les couleurs et de toutes les tailles. Nous enfilons tour à tour des baskets, des escarpins, des mocassins, des sabots décorés de jolis motifs et des bottines. Sandrine arrête finalement son choix sur des ballerines qui n'ont qu'un léger accroc au talon. Moi, je n'ai d'yeux que pour les sandales. J'adore les sandales !

Chapitre 22

MES CHAUSSURES PRÉFÉRÉES

Des sandales en plastique transparent recouvertes de brillants

Des sandales à plateforme (avec une large bande élastique noire sur le dessus du pied)

Des sandales avec une semelle tissée (que j'ai achetées à Orlando !)

Des baskets blanches avec une semelle épaisse pour avoir l'air plus grande

Malheureusement, dans ce lot dépareillé, je ne trouve rien à mon goût, à l'exception de chaussons recouverts de paillettes rouges qui me font penser aux chaussures de Dorothy dans le film *Le Magicien d'Oz.* À seulement dix francs, soit environ deux dollars, je ne peux pas les laisser là !

Sandrine et moi allons payer nos achats.

— Il en faut peu pour faire notre bonheur, n'est-ce pas, Sandrine ?

— C'est bien vrai !

Nous retrouvons Colin et Bradley accroupis devant des caisses de disques. Il s'agit essentiellement d'artistes français, mais du lot, Bradley extirpe un album contenant plusieurs chansons thèmes de dessins animés.

Chapitre 22

— *The* Animaniacs*!* s'exclame-t-il. *I loved it so much*[28]*!*

Bien que les titres soient en français, Bradley décide d'acheter le disque, nous assurant qu'il s'agit d'une pièce de collection.

— Moi, commente Sandrine en examinant à son tour la pochette, je préférais *Sailor Moon*. Mais mes frères me laissaient rarement la regarder en paix, cet animé. Ça me fait penser, savez-vous où sont Geoffroy et Étienne ?

Je regarde partout autour de moi, mais ne les aperçois nulle part.

— Je parie qu'ils explorent encore le bac de jeux vidéo.

28) J'aimais tellement ça !

Nous nous y rendons tous ensemble. Les garçons brillent par leur absence.

— Ils ne peuvent pas être loin, assure Colin. Allez de ce côté ; Bradley et moi, on va les chercher par là. On se donne rendez-vous ici dans dix minutes, d'accord ?

Je pense à Benjamin et je me dis que les frères de Sandrine ont probablement perdu la notion du temps devant un train électrique ou un robot mécanique. Mettez un garçon devant un jouet, et il a de nouveau cinq ans. Comme le père d'Amélie, qui a aménagé une pièce de sa maison où il assemble des chars d'assaut, des porte-avions et d'autres véhicules militaires à échelle réduite. Il est strictement interdit d'y entrer, encore plus de toucher à *ses* jouets !

Sandrine et moi passons en revue les étalages de marionnettes, de casse-têtes, de figurines et d'articles de sport, mais Étienne et Geoffroy restent introuvables. Aucun des commerçants à qui nous les décrivons ne se rappelle les avoir vus. Sandrine commence à être vraiment inquiète.

Comme l'heure tourne, nous retournons devant l'étalage de jeux vidéo. Bradley est là, mais pas Colin. Ils se sont séparés, nous explique-t-il, pour étendre leur champ de recherche.

— C'est ma faute, gémit Sandrine. J'aurais dû les surveiller de plus près, ils étaient sous ma responsabilité !

— Ça va bien finir, je te le promets, dis-je pour la rassurer.

Mais au fond de moi, je n'en suis pas si convaincue. Mon amie renifle un bon coup et me demande s'il ne vaudrait pas mieux signaler leur disparition à la police. Avant que j'aie le temps de répondre, Bradley s'exclame :

— *There they are! The three of them*[29]!

Colin apparaît au bout d'une allée en compagnie des garçons. Sandrine se précipite vers eux. Étienne a un mouvement de recul, tandis que Geoffroy brandit les mains pour se protéger, mais Sandrine se contente de les serrer tour à tour dans ses bras. (Je vous l'ai dit, c'est une tradition familiale, ces câlins !)

Moi, si Benjamin me causait pareille frayeur, je l'engueulerais comme du poisson pourri. (Encore une expression qui me vient de ma grand-mère.)

— Ils se faisaient des passes dans la ruelle, nous explique Colin.

---

29) Les voilà ! Tous les trois !

Chapitre 22

Étienne lance son ballon vers Bradley, qui le saisit d'une main.

— Mate-moi ce ballon de la Coupe du monde ! s'exclame Étienne.

— Il était bradé à un prix ridicule parce que le manufacturier s'est trompé dans le choix des couleurs, ajoute Geoffroy.

Bradley l'examine d'un œil expert, puis demande :

— *Who do you think is gonna win this summer*[30]*?*

— Les Bleus, quelle question ! répond Étienne.

— Zinédine Zidane va mettre David Beckham dans sa poche arrière, ajoute son frère.

30) D'après vous, qui va l'emporter cet été ?

Là, on n'est clairement plus sur mon terrain. Je ne sais même pas si le Canada a une équipe nationale et s'il participera à cette Coupe du monde. Je pense que nous sommes meilleurs au hockey.

Je me tourne vers Colin et dépose un chaste baiser sur sa joue.

— Merci de les avoir retrouvés.

— Et de m'avoir sauvé la vie ! ajoute Sandrine en l'embrassant sur l'autre joue.

— *Hey! Stop kissing him*[31]! s'exclame Bradley.

Nous nous tordons tous de rire, sauf Étienne et Geoffroy, qui n'y pigent que dalle. (Vous voyez ! Je commence à m'intégrer !)

31) Hé ! Arrêtez de l'embrasser !

Chapitre 23

DIMANCHE 26 AVRIL 1998

TEMPÉRATURE EXTÉRIEURE :

15 °C, encore beaucoup de nuages

Je n'y crois pas ! Plus que six jours avant de repartir !

C'est déjà mon dernier dimanche en compagnie des Pontcharra. Même si j'ai hâte de revoir mes amies, ça me fait vraiment quelque chose de penser que mon séjour s'achève. Je me suis rapidement attachée à cette famille.

Ce qui m'attriste aussi, c'est qu'il y a plein d'endroits que je n'ai pas encore visités. Pour me consoler, je n'arrête pas de me répéter ce que papa m'a dit avant de partir : je ne suis pas en vacances, je suis ici pour rencontrer des gens et observer leur mode de vie. Avec la montagne de devoirs qu'elle a chaque semaine, Sandrine n'a pas le temps de me faire visiter Versailles ou Montmartre.

Je décide donc de vivre cette dernière semaine en prenant les choses comme elles se présentent. Ce matin, par exemple, mon amie a envie de rester en pyjama, de boire du chocolat chaud et de feuilleter des revues à potins – des « magazines people », comme elle dit. Ce n'est pas très excitant, mais c'est le genre de truc que je ferais volontiers avec Amélie ou Justine.

— Je me demande si un jour je serai épiée par des paparazzis. Ça ne doit pas toujours être facile, la célébrité.

Chapitre 23

— Tu vas bientôt y goûter, avec tous les contrats que tu t'apprêtes à signer ! observe Sandrine.

J'ai un moment d'hésitation. Mon amie fait référence au mensonge que j'ai raconté le soir de mon arrivée. Je décide de rétablir les faits.

— J'ai peut-être un peu exagéré... J'ai bel et bien un agent, mais aucun contrat ne m'attend. Ça fait d'ailleurs un bon bout de temps qu'il ne m'a pas donné de nouvelles, celui-là. Je vais l'appeler à mon retour.

Quand vient l'heure de leur sieste, les jumelles font à nouveau tout un tapage. C'est étonnant que les voisins n'appellent pas la police. Ils sont peut-être devenus habitués. Je songe alors à Benjamin. Quand il était petit, mon frère faisait des terreurs nocturnes. Pour qu'il se rendorme, il fallait lui laisser la radio allumée.

— Sandrine, j'ai besoin de ta stéréo et d'un CD, n'importe lequel.

Mon amie me lance un regard intrigué. Nous montons à l'étage. Sandrine me remet son lecteur CD et un disque du groupe Indochine. Le titre d'une composition m'arrache un sourire. Je vais brancher l'appareil dans la chambre des jumelles sous le regard intrigué de Maman Louve et sélectionne la chanson *Monte-Cristo*. Ce n'est pas une berceuse, mais les fillettes s'arrêtent de pleurnicher dès les premières notes. Au refrain, elles dodelinent de la tête et leurs paupières deviennent lourdes. Avant la fin de la chanson, elles ronflent comme des marmottes. Nous laissons le disque tourner pas trop fort et quittons la chambre à pas de loup.

Chapitre 23

— Bravo, Lili-Rose, me félicite Maman Louve.

— Je pense qu'elles n'aiment pas dormir dans une ambiance paisible. Avec autant de frères et sœurs, Eugénie et Clara sont habituées à entendre beaucoup de bruit et de va-et-vient.

Madame Pontcharra est impressionnée par mon raisonnement. J'ai peut-être plus la main que je le pensais avec les enfants.

Maman Louve retourne à ses casseroles, et nous, à nos magazines. Soudain, le téléphone sonne.

— C'est Camille… Elle nous invite chez elle. On regarderait des films de science-fiction avec Vincent et Florent. Ça te dit ?

Mon amie meurt d'envie d'y aller, je le vois bien à ses yeux pétillants. Je lui fais signe que oui.

— On sera là, assure Sandrine.

Je suis un peu fatiguée de porter les mêmes vêtements depuis le début du voyage, alors je pique à Sandrine un jean gris et un pull Vuarnet mauve avec des accents roses et turquoise. Moi qui aime porter des couleurs flamboyantes, je suis comblée ! Je décide de garder mes cheveux au naturel. De toute façon, c'est tellement humide dehors qu'il n'y a pas grand-chose à faire d'autre que les laisser frisotter.

Camille nous accueille avec son sourire habituel. Elle me fait trop penser au chat du Cheshire dans *Alice au pays des merveilles*. Mais oui ! Voilà son animal totem !

Chapitre 23

— Les autres sont déjà arrivés, venez !

Florent-la-panthère parle football avec Marco-le-bouledogue et Vincent-la-girafe. C'est la première fois que je revois Florent depuis que je lui ai fracassé le nez. J'évite de croiser son regard et je suis les filles à la cuisine, où Sabine et Magali préparent une limonade au pamplemousse. Sabine me détaille de la tête aux pieds.

— Un pull Vuarnet ? Ça doit faire des années que je n'ai pas mis le mien !

C'est une manière détournée de me dire que mon vêtement est passé de mode. Je me retiens de lui répondre que c'est, en réalité, le pull de Sandrine. Je soupçonne qu'avec huit enfants à habiller, les Pontcharra ne doivent pas porter des marques griffées ni même se procurer régulièrement des vêtements à plein prix.

Moi, honnêtement, ça ne me dérange pas de porter quelque chose d'usagé. Je fais souvent de belles trouvailles dans les friperies de mon quartier.

J'avais oublié que j'avais affaire à des *nerds.* Cette histoire de festival de films, c'est du sérieux. D'abord, il faut établir les règles.

— On n'a pas énormément de temps, explique Marco. Je propose qu'on sélectionne tous *une* scène tirée d'*un* film qui nous a marqués. Comme ça, on aura un bel échantillon de films-cultes.

Un débat s'ensuit : qu'est-ce qui définit un classique ? Faut-il se fier aux critiques officielles ? Aux recettes en salle ? Au nombre de statuettes récoltées dans les festivals de cinéma ou aux Oscars ?

Chapitre 23

— Il faudrait éviter les titres trop récents, souligne Vincent. On peut difficilement parler d'un « classique » sans un peu de recul, on l'a constaté l'autre jour avec la musique...

Une fois ces balises établies, nous nous rendons au vidéoclub. Et là, les choses se compliquent, parce que les films, voyez-vous, y sont rangés par genre. Comme personne ne veut dévoiler aux autres celui qu'il a en tête, nous n'avons d'autre choix que d'arpenter à tour de rôle la section consacrée à la science-fiction. Ça prend une éternité ! Le temps que nous retournions chez Camille, il est déjà quatorze heures.

Sabine et Magali se précipitent sur un sofa, Vincent et Sandrine sur l'autre. De mon côté, je pose mes fesses sur un coussin par terre. Florent s'installe à ma droite, Marco à ma gauche. Me voilà bien entourée !

> – Lili-Rose, tu veux bien présenter le premier extrait ? me demande Camille en tamisant les lumières.

Pas le choix de me relever. Camille en profite pour prendre ma place à côté de Florent.

> – J'ai opté pour *Retour vers le futur*, un film qui n'a pas pris une ride malgré ses treize bougies.

J'insère le film dans le lecteur et sélectionne la scène où Marty McFly fuit des terroristes à bord d'une machine à voyager dans le temps. J'adore la musique qui accompagne cette séquence.

Vincent nous propose ensuite un extrait de *L'empire contre-attaque*, et c'est ensuite au tour de Camille de nous proposer le film qui l'a le plus impressionnée. J'en profite pour reprendre ma place près de Florent. Après quelques minutes, je sens ses doigts qui caressent le creux de mon dos. C'est plutôt agréable, jusqu'à ce que je m'écrie :

> – Tu me chatouilles ! Arrête ! Hi ! Hi !

Toutes les têtes se tournent vers nous. Florent retire sa main prestement. Je voudrais fondre, disparaître, me téléporter… Heureusement, le malaise ne dure que le temps pour Marco de se lever et de nous présenter à son tour son film préféré.

> – *Terminator 2* est à mon avis une des rares suites plus palpitantes que l'original.

C'est ensuite au tour de Sabine, qui a choisi *E.T.* Tout le monde reconnaît que c'est un *vrai* classique du cinéma, accompagné d'une superbe bande originale.

Florent, lui, a sélectionné une courte scène de *Total Recall* dans laquelle apparaît une femme dotée de trois seins. En voyant ça, les garçons éclatent de rire.

— T'es trop immature ! lui lance Magali.

— Bien quoi, c'est de la science-fiction ! Et ça m'a marqué ! Je remplis tous les critères !

Il revient s'asseoir à mes côtés en me faisant un clin d'œil. Je risque une main vers la sienne. Nos doigts s'effleurent, s'entrecroisent, j'en ai presque le vertige. Quand Florent se met à caresser l'intérieur de ma paume du bout de son pouce, de petits frissons courent le long de ma colonne vertébrale. Je ne porte plus aucune attention au film de Magali, une histoire de vaisseau spatial qui joue de la musique.

Sandrine est la dernière à se lever. Cette fois, j'essaie de me concentrer sur ce qu'elle dit plutôt que sur les mains de Florent.

> — *La soupe aux choux* me rappelle mon grand-père Antonin. Il est décédé depuis quelques années déjà, je pense que seule Camille l'a rencontré. Louis de Funès était son acteur préféré. Ensemble, nous avons regardé tous ses films. J'ai eu envie de lui rendre hommage.

Je souris intérieurement. Papa n'avait donc pas complètement tort de me faire découvrir ce vieil acteur. Pas sûre que je vais le lui avouer par contre, sa tête pourrait enfler.

Dans l'extrait qu'a choisi Sandrine, deux vieillards pètent sous les étoiles. Tellement fort qu'ils finissent par attirer une soucoupe volante qui passait par là !

Camille rétablit un éclairage normal. Nous clignons tous des yeux. La magie est brisée, et Florent retire sa main de la mienne.

— Il faudra organiser une deuxième édition de ce petit festival ! propose Sabine.

Tout le monde est d'accord, sauf moi.

— Je ne serai pas avec vous, malheureusement. Mais quand Sandrine viendra à Montréal, je vais organiser un festival comme celui-ci avec mes amies. Bon, comme je les connais, ce sera probablement une longue suite de comédies romantiques, mais Sandrine pourra vous dire à son retour quels films on aura sélectionnés, et…

– … on t'écrira quels auraient été nos choix si on avait été là ! complète Magali.

– Trop génial ! s'exclame Sabine en tapant dans ses mains.

– On pourrait former une sorte de club de cinéphiles par correspondance ! ajoute Marco.

Bande de *geeks*.

– En attendant, tranche Sandrine, Lili-Rose et moi, on doit rentrer. Si on rate le repas de ce soir, ma mère va nous passer un savon. Et je ne vous parle même pas du sort que nous réserverа ma sœur. C'est ce soir qu'elle nous présente Emmanuelle.

— J'ai adoré faire votre connaissance. Si un jour vous passez par Montréal, appelez-moi.

Vincent attrape son blouson.

— Moi aussi, je dois y aller.

— Je te suis, enchaîne Florent.

— Au revoir, Lili-Rose ! Tu salueras Céline pour nous ! me lance Sabine avec un clin d'œil.

Tout le monde rit.

Dehors, le temps s'est assombri. Nous marchons d'un pas pressé.

Chapitre 23

— C'est ici que j'habite, annonce Vincent en désignant l'entrée d'un immeuble de logements.

Il nous salue d'un geste de la main et franchit les portes à tambour sans un regard pour Sandrine. Elle cache tant bien que mal sa déception en donnant un coup de pied dans un caillou. Elle va devoir mettre les choses au clair avec Vincent. Les garçons ne comprennent pas toujours les messages subtils qu'on leur envoie, il faut souvent leur donner en plus le mode d'emploi.

Encore deux coins de rue et nous arrivons chez les Pontcharra. Cette fois, Sandrine ne me tient pas la porte. Elle me chuchote simplement de ne pas trop tarder et s'engouffre dans l'immeuble.

Je me retrouve seule avec Florent pour la première fois depuis que je lui ai cassé le nez. On dirait que je ne sais pas trop quoi lui dire. Ni quoi faire de mes dix doigts. J'examine bêtement la pointe de mes pieds en jouant avec une mèche de mes cheveux. Florent pose un doigt sous mon menton et relève ma tête. L'instant suivant, sa bouche se pose sur la mienne. Ses lèvres sont douces et tièdes. Mon cœur bat si vite qu'on dirait qu'il va pulser hors de ma cage thoracique !

De toutes les scènes de film que j'ai visionnées aujourd'hui, celle-ci est de loin ma préférée.

Chapitre 24

VENDREDI 1ER MAI 1998

TEMPÉRATURE EXTÉRIEURE :

14 °C

Au programme : émotions en montagnes russes !

Comme prévu, Colin et Bradley sont repartis en Angleterre avec l'équipe de la BBC. Colin m'a promis de m'écrire sur ICQ. Un bon jour, il viendra peut-être à Montréal ? La métropole compte de grands studios de cinéma. L'an dernier, on y a tourné une méga production hollywoodienne : *Batman & Robin*. Rosalie et moi avons essayé de nous faufiler à l'intérieur du studio, dans l'espoir d'apercevoir George Clooney, mais la sécurité nous a repérées. J'ai eu plus de chance au château de Monte-Cristo.

Toute la semaine, je n'ai pas arrêté de me repasser la scène du baiser avec Florent. C'était juste parfait. Il n'a pas poussé sa chance en posant un geste déplacé. Quand nos lèvres se sont décollées, il m'a simplement décoché un petit clin d'œil et souhaité bonne soirée avant de s'éloigner en sifflotant.

Je pensais le croiser à nouveau au lycée, mais ce n'est pas arrivé. Je demande à Sandrine :

— Il a demandé de mes nouvelles ?

— Non.

— Tu penses que je vais le revoir avant mon départ ?

— Je ne sais pas. À ta place, je ne m'en ferais pas trop avec ça. Florent, c'est un charmeur. Il n'a pas l'habitude de s'attacher.

— Je vois ce que tu veux dire. Tant pis. Je garderai quand même un bon souvenir de lui.

Hier, une surprise m'attendait au retour du lycée, dans une boîte à chaussures emballée sous plusieurs couches de papier brun. La douzaine de timbres dans le coin supérieur ne laissait aucun doute sur son origine. J'ai vite déchiré l'emballage. La boîte contenait de petites attentions de ma famille et de mes amies.

Sirop d'érable

Boîte de cacahuètes enrobées de chocolat

Nouveau carnet pour noter des palmarès

Photos prises dans une cabine photographique

Photo de famille encadrée

J'ai offert le sirop d'érable à madame Pontcharra en l'assurant qu'aucun nectar ne vaut celui qui coule des érables québécois. Elle m'a promis d'y goûter avant la fin de mon séjour.

Les cacahuètes étaient sûrement l'idée de Benjamin, car ce sont *ses* friandises préférées. Je les garde pour les grignoter dans l'avion.

Chapitre 24

Le nouveau calepin de notes tombe à pic, celui à l'effigie des Backstreet Boys ne compte plus que trois pages vierges. La couverture est un patchwork de plusieurs mots découpés dans différents magazines et positionnés les uns par-dessus les autres : *crème glacée... extravagante... amie... espoir... géniale...* Je crois deviner qui est l'auteure de ce projet artistique. Mon intuition est confirmée quand je trouve sur la première page du carnet un mot d'Amélie. Trop chouette !

Sur la série de petites photos, mon amie multiplie les grimaces en compagnie de Justine et de Rosalie. Ah ! Comme j'ai hâte de les retrouver ! Nous aurons bien des choses à nous raconter !

Le joli cadre en bois contient un cliché pris devant le château de Cendrillon en mars dernier. J'examine nos visages souriants en me disant que je suis chanceuse d'avoir une famille aussi unie. Pas aussi nombreuse que celle de Sandrine, c'est vrai, mais c'est la mienne, et je l'aime beaucoup.

Finalement, au fond de la boîte, je trouve deux billets de cent francs. Trop génial ! Je songe immédiatement à tous les vêtements que je pourrais me procurer avec cet argent. Paris n'est-elle pas la capitale de la mode ? Cependant, une autre idée germe presque immédiatement dans mon esprit. Je vais acheter quelque chose aux Pontcharra, un bel objet, un livre peut-être, quelque chose qui leur dira « merci de m'avoir accueillie aussi généreusement »...

Aujourd'hui, c'est ma dernière sortie culturelle. Émile Perpignan m'a prévenue que le minibus est réparé et qu'il passera me chercher à l'heure et à l'endroit habituels. Tant mieux ! Je n'ai pas envie de me perdre une autre fois dans Paris.

Cette fois, madame Pontcharra ne m'accompagne pas, elle en a plein les bras avec les jumelles. Quel caractère elles ont, celles-là ! Je les imagine à l'adolescence, deux rebelles vêtues de cuir, les lèvres et les ongles colorés en noir… Mais peut-être seront-elles au contraire sages et studieuses… J'espère que je serai encore amie avec Sandrine dans une douzaine d'années, pour le découvrir.

Un grand coup de klaxon me tire de ma rêverie. Voilà mon bus ! Je retrouve avec plaisir ma délégation des Nations unies. Comme je vais m'asseoir avec Emma, Émile nous annonce le programme de la journée.

— Aujourd'hui, nous allons au Jardin d'acclimatation !

Dans le bus, on entendrait une mouche voler. Personne n'a entendu parler de cet endroit. Nous pressons Émile de questions, mais il refuse de nous en dire plus, nous obligeant à faire quelques déductions. Dans « acclimatation », il y a le mot « climat ». Sans doute allons-nous nous instruire sur le déboisement forestier ou les trous dans la couche d'ozone.

J'aurais préféré visiter Versailles. Quand je pense que je vis à un jet de pierre d'un autre château et que je n'ai même pas pris le temps de le visiter, à l'exception de ses jardins...

Embourbé dans le trafic du matin, le bus roule lentement sur les Champs-Élysées, passe sous l'Arc de Triomphe et s'immobilise finalement devant un immense bois.

— Nous voici au Jardin d'acclimatation, annonce Émile quand nous sommes tous descendus du bus. Avant d'aller l'explorer, permettez-moi de vous raconter une tranche d'histoire.

Des protestations fusent aussitôt, mais notre guide ne se laisse pas démonter.

– Fermez les yeux et imaginez-vous en 1860, lors de l'inauguration de ce jardin zoologique.

Je regarde autour de moi : personne n'a fermé les yeux. Quelques-uns semblent cependant contents d'apprendre que nous passerons la journée au zoo.

– À l'époque, poursuit Émile, il n'y avait pas d'Internet, de télévision ni de documentaires animaliers, seulement quelques récits de voyage. La plupart des gens ignoraient à quoi ressemblent un kangourou et une girafe. Et bon nombre doutaient que des bêtes exotiques puissent s'adapter au climat parisien. Pourtant, six ans après son inauguration, cet endroit possédait plus de cent dix mille animaux ! De nos jours, malheureusement, il n'y reste que des animaux de ferme.

— Alors on va passer la journée à admirer des cages vides ? s'inquiète Faël.

Émile secoue la tête en rigolant.

— Vous allez bien vous amuser, c'est promis. Encore deux choses. Je vous rappelle que je suis responsable de votre sécurité et je n'ai pas envie de courir à vos trousses dans tout Paris.

Chapitre 24

Restez dans les limites du parc. Ensuite, je veux tous vous revoir ici, devant cette horloge florale, sur le coup de seize heures. Nous avons une autre activité à l'horaire en fin de journée. Je vous préviens : le ou les retardataires payeront le dessert au reste du groupe, alors soyez ponctuels !

Nous entrons dans le bois en suivant des sentiers balisés. Des tas d'odeurs chatouillent mes narines. J'ai toujours aimé celle de la mousse. Faël et Dieudonné s'emparent de branches mortes de bonne dimension et reprennent le duel qu'ils avaient amorcé dans le Disney Store. De petits écriteaux me permettent d'identifier les arbres que je ne reconnais pas : tilleuls, séquoias, noisetiers. Est-ce qu'il pousse des ginkgos bilobas au parc La Fontaine de Montréal ?

Au bout de quelques minutes, le bois débouche sur une clairière où se trouvent un théâtre de marionnettes, une petite ferme et une volière d'oiseaux. Emma se gratte la tête.

— On ne va quand même pas passer la journée à caresser des moutons et à nourrir des chèvres ?

Je suis aussi perplexe qu'elle.

— Ça ne peut pas être ça, la surprise d'Émile.

Nous continuons d'avancer entre des bosquets d'arbres, guidés par des éclats de rire et des notes de musique. La forêt s'éclaircit à nouveau.

— Ça alors ! Une foire ! s'exclame Ana-Malia.

Chapitre 24

Nous nous élançons vers les montagnes russes, les autos tamponneuses, les miroirs déformants, les fusées qui tournent en rond et les chaises volantes. Soudain, c'est comme si nous avions huit ans !

Comme c'est un jour de semaine, il n'y a pas trop de monde ; nous pouvons facilement monter plusieurs fois de suite dans nos manèges préférés. Une fois bien étourdies, les filles et moi allons à la « buvette » déguster des gaufres aux fruits, des beignets au chocolat et des brochettes de guimauves.

Gavées de sucre, nous nous laissons ensuite tenter par de petites embarcations qui serpentent sur une rivière enchantée. Après cette balade, nous retrouvons les garçons au stand de tir à l'arc. Faël s'avère un bon archer, mais Dieudonné n'atteint aucune cible. Une de ses flèches s'égare même dans la nature, ce qui nous fait bien marrer.

(Citron de citron ! Voilà que je parle vraiment comme une Française !)

Nous retournons dans les manèges, puis Mariam nous propose de tenter notre chance dans des jeux d'adresse. Dès son premier essai, l'Ivoirienne fait éclater tous les ballons qui se balancent devant elle et récolte un énorme koala en peluche avec des yeux globuleux. Elle sera la seule d'entre nous à décrocher le gros lot.

— Je ne voudrais pas être rabat-joie, mais il est presque seize heures, nous prévient Ana-Malia.

Nous allons avertir les garçons et nous dirigeons tous ensemble vers l'entrée du parc.

— Je suis contente qu'Émile ait changé ses plans, nous confie Mariam.

Chapitre 24

Devant mon air étonné, elle précise :

— Nous devions visiter Notre-Dame, mais Émile a bien vu que nous étions déçus, l'autre jour, de ne pas passer la journée à Disneyland. Il a voulu nous faire plaisir en nous emmenant ici.

Lucas secoue la tête.

— C'est comme comparer une pomme et une orange. Ce sont deux fruits, mais la ressemblance s'arrête là.

— C'était quand même sympa de sa part, assure Ana-Malia.

— Justement, il est où, Émile ? demande Emma.

— Ha ! Ha ! Son retard va lui coûter cher ! rigole Dieudonné en se frottant les mains. Je vais commander de la crème brûlée, mais attention : format piscine olympique !

— Et moi, un gâteau Saint-Honoré ! réplique Faël.

— Un baba au rhum ! renchérit Lucas.

Tandis que nous comparons nos desserts préférés, Émile surgit d'un fourré, le visage noirci de terre, des brindilles dans les cheveux. Je pense qu'il a autant le sens de l'orientation que mon père, celui-là !

De retour dans le bus, Émile nous annonce le reste du programme.

— Bonne nouvelle, nous verrons quand même Notre-Dame, car je vous emmène manger dans une petite pizzeria située à deux pas de la cathédrale.

Tandis que nous attendons nos pizzas, Émile nous renseigne sur la construction de cette fabuleuse église.

— C'est incroyable de penser que les premières pierres ont été posées en 1163 et qu'elles tiennent encore de nos jours. Il n'y a pas à dire, on savait construire pour durer, au Moyen Âge !

L'arrivée de nos pizzas met fin à sa leçon d'histoire. Nous nous jetons sur nos plats comme si nous n'avions rien mangé depuis une semaine. La pâte est croustillante, les tomates sont fraîches et la mozzarella est onctueuse. Nous ne laissons aucune miette aux oiseaux.

Émile tient ensuite sa promesse en nous offrant une montagne de profiteroles.

Et à son sourire espiègle, je soupçonne qu'il a fait exprès d'arriver le dernier.

Nos estomacs contentés, nous empruntons un joli pont qui traverse la Seine et allons nous balader sur le parvis de la cathédrale, où des kiosques offrent aux flâneurs des cartes postales, des macarons, des drapeaux français et même de jolis cerfs-volants bleu, blanc et rouge. Avec les deux cents francs de papa, je décide d'en acheter huit, un pour chacun des enfants Pontcharra.

Quand j'arrive chez mes hôtes, je suis accueillie par une explosion de rires et de cris. Sandrine se fraie un chemin vers moi en contournant ses oncles et ses cousins.

— Surprise ! Maman a décidé de devancer notre traditionnel repas du dimanche ! Tout le monde voulait manger une dernière fois avec toi !

Clémentine nous retrouve en compagnie d'Emmanuelle.

– Lili, goûte-moi ce brie aux poires qui sort du four.

– Euh... j'ai déjà mangé.

Clémentine me fait les gros yeux.

– Il faut que tu goûtes ce qu'on t'a préparé ! Chacun de nous a apporté son plat préféré !

– C'est même toi, avec tes drôles de listes, qui nous as donné l'idée de ce menu dégustation !

– On a tellement de bouffe, ajoute Papa Ours en passant

derrière nous, qu'on pourrait inviter tout le quartier.

Et c'est exactement ce qu'il fait ! En un rien de temps, des tables sont dressées sur le trottoir, des barbecues allumés au milieu de la rue, et des voitures placées en travers de la chaussée pour en interdire l'accès. Plein de gens que je ne connais pas viennent me saluer, mais je ne me fais pas d'illusion, ce n'est pas vraiment pour moi qu'ils sont là. Ce soir, c'est la générosité de la famille Pontcharra que tout le monde veut célébrer.

La fête s'éternise jusqu'aux petites heures du matin et elle aurait probablement duré encore plus longtemps sans l'intervention de la police à la suite de la plainte d'un voisin, probablement frustré d'avoir été oublié.

J'ignore quelle heure il est quand je pose enfin la tête sur mon oreiller, épuisée, mais ravie. Dans quelques heures, je serai de retour à Montréal. Et dans une semaine, ce sera au tour de Sandrine de me rendre visite. Je me demande si je vais être capable de boucler la rue Saint-Denis pour y tenir une fête improvisée !

5 CHOSES QUE JE RAMÈNE DE MON SÉJOUR EN FRANCE

1. De nouveaux amis.
2. La musique d'Indochine.
3. Des expressions loufoques.
4. L'envie d'avoir un jour une famille nombreuse.
5. Le souvenir d'un tendre baiser.

TROISIÈME PARTIE
DE RETOUR À
Montréal

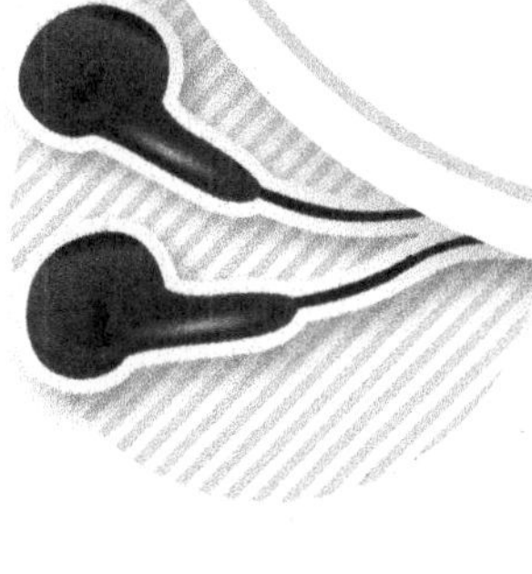

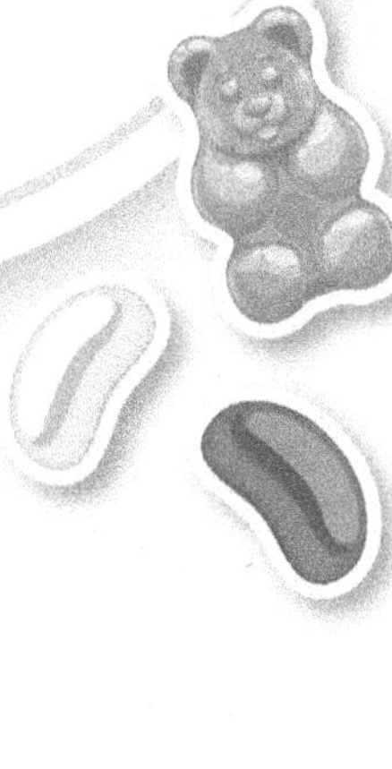

Chapitre 25

SAMEDI 30 MAI 1998

TEMPÉRATURE EXTÉRIEURE :

20 °C

Plus que vingt jours avant
les vacances !

Mon retour à Montréal a été très émotif. Mes amies m'avaient manqué, évidemment. Et j'étais aussi très heureuse de revoir ma famille. Mais les funérailles de ma grand-mère ont été éprouvantes. Tout le monde avait la larme à l'œil, et moi, voir des gens pleurer, ça me bouleverse énormément.

Lors de la cérémonie, j'avais l'intention de prononcer quelques mots, un genre d'hommage sous forme d'anecdotes. Mais une fois devant l'assemblée, je n'ai pas été capable de prononcer une syllabe. J'avais une boule au milieu de la gorge qui m'empêchait presque de respirer. Je suis retournée m'asseoir, la tête basse. Après les funérailles, j'ai attaché mon texte à un ballon gonflé d'hélium et je l'ai laissé s'envoler dans le ciel.

Dès le lendemain, Sandrine débarquait à l'aéroport de Dorval. Sa bonne humeur m'a fait le plus grand bien. Nous avons immédiatement retrouvé la complicité que nous avions à Paris. J'avais l'impression de retrouver une sœur.

Je pense qu'elle a aimé son séjour à Montréal, même si, à mes yeux, le mât du Stade olympique n'est pas aussi impressionnant que la tour Eiffel. Sandrine répétait tout le temps qu'elle souhaitait vivre le quotidien d'une Nord-Américaine, alors je l'ai intégrée à mon cercle d'amies, et nous sommes allées faire les magasins sur la rue Sainte-Catherine, flâner au marché Jean-Talon et voir un film hollywoodien bourré d'effets spéciaux. Nous avons aussi organisé avec mes amies un petit festival de « films de filles », comme dit maman. C'était amusant !

Sandrine avait, comme moi, trois sorties en compagnie d'autres francophones hébergés dans la région. La première semaine, ils ont assisté à un match des Canadiens de Montréal, une défaite de 3-1 contre les Sabres de Buffalo, ce qui les éliminait des séries. (J'apporte cette précision pour les garçons qui me liraient, car je sais que c'est important pour eux, ce genre de détail.)

La fois suivante, ils ont visité le Biodôme et l'Insectarium. Il y avait une dégustation d'insectes grillés servis sur des craquelins. Sandrine dit qu'elle a aimé ça. Moi, rien que d'imaginer une sauterelle dans ma bouche, j'ai envie de vomir.

Enfin, hier, mon amie a passé la journée à arpenter les rues du Vieux-Montréal, en plus de faire une excursion en bateau sur le fleuve.

Comme je m'y attendais, mon père a voulu jouer au guide touristique. Il avait préparé suffisamment d'itinéraires pour occuper tous nos samedis et dimanches jusqu'à la fin de l'été ! Nous avons arpenté en famille les routes du Québec en écoutant les disques de Daniel Bélanger et de Bruno Pelletier. Je vous garantis que Sandrine connaît maintenant leur répertoire par cœur !

Au cours de ces balades, nous avons visité le Vieux-Québec, l'observatoire du Mont-Mégantic, des antiquaires dans les Cantons-de-l'Est et le Jardin botanique de Kingsey Falls !

Si nous l'avions écouté, mon père nous aurait aussi fait faire le tour de la Gaspésie, nous aurait emmenés observer des baleines à Tadoussac et nous aurait fait monter dans le nord admirer les barrages d'hydro-électricité. Maman lui a fait comprendre qu'il en faisait trop.

Pourtant, elle-même s'en est donné à cœur joie en cuisinant pour Sandrine plusieurs plats typiquement québécois : pâté chinois[32], tourtière[33], guédilles[34] aux œufs, sans oublier son fameux *mac'n cheese.* Évidemment, nous lui avons aussi fait goûter la poutine[35] ! La tête qu'elle a faite à sa première bouchée valait cher ! Sandrine n'arrêtait pas de nous demander ce qu'il

32) Sorte de hachis parmentier composé de couches de bœuf haché, de maïs et de purée de pommes de terre superposées.

33) Sorte de tourte composée de pommes de terre et de divers morceaux de viande.

34) Casse-croûte nord-américain à base de pain à hot-dog rempli d'une salade qui peut être aux œufs, au homard, au poulet...

35) Plat composé de frites, de fromage « en grain » et d'une sauce brune.

y avait dans la sauce en la reniflant d'un air soupçonneux. Et personne n'était capable de lui répondre ! Qui connaît les ingrédients qui composent l'étrange mixture ?

Sandrine est maintenant repartie. Avant de monter dans son avion, elle m'a donné son adresse e-mail. J'ai promis de lui écrire tous les jours. Bon, peut-être pas *tous* les jours, mais le plus souvent possible. Disons une fois par mois. Faut quand même se donner le temps d'avoir quelque chose à se raconter.

J'ai aussi commencé à correspondre avec Emma de manière plus traditionnelle, avec timbre et enveloppe. Jusqu'à présent, nous avons surtout échangé des photos et des articles de magazines qui parlent des stars que nous aimons.

Chapitre 25

Avec Sandrine, ce sera sans doute pareil. Nous allons nous raconter les hauts et les bas de nos vies d'adolescentes, des vies parfois ennuyeuses, parfois imprévisibles, pleines de rêves et d'espoirs. Des vies imparfaites, quoi. Mais des vies que nous ne voudrions échanger pour rien au monde !

De retour à la maison, j'allume l'ordinateur et me branche sur ICQ dans l'espoir de parler avec Colin. Avec le décalage horaire, il est rare que nous soyons en ligne en même temps. Mais je ne parviens pas à me connecter, la ligne téléphonique est déjà occupée. Je rêve du jour où nous pourrons passer un coup de fil et naviguer sur Internet en même temps !

Qui monopolise le téléphone ? C'est ma mère. À son expression corporelle, je comprends qu'elle parle avec sa sœur Mireille. Les connaissant, elles en ont pour un sacré bout de temps. Ma marraine et ma mère adorent se raconter leurs vies dans le moindre détail. Des vies parfois ennuyeuses, parfois imprévisibles, pleines de rêves et d'espoirs. Des vies imparfaites, mais qu'elles ne voudraient probablement échanger pour rien au monde…

– Lili-Rooose ! Ta marraine veut te parler !

J'emporte le sans-fil dans ma chambre pour être tranquille.

– Allô ?

– Lili ! Comment ça va ? As-tu hate d'être en vacances ? Il doit te rester plein d'examens ?

Je l'interromps.

Chapitre 25

— Tu ne m'appelles quand même pas de Toronto pour me demander ça ?

À l'autre bout du fil, ma tante étouffe un petit rire.

— Toujours aussi directe, toi. Dans ce cas, je ne tournerai pas autour du pot moi non plus. Est-ce que ça te dirait de passer l'été avec moi ?

— À Toronto ? Maman est d'accord ? Je ferais quoi de mes journées ?

Ma marraine m'explique que l'été, elle est assez occupée, car c'est la saison durant laquelle elle prépare la campagne d'abonnements des Maple Leafs. Mais je ne passerais pas mes journées toute seule, car sa voisine se cherche une *nanny* pour garder ses trois enfants.

— Tu recevrais trois cents dollars par semaine pour tes services de baby-sitting.

La petite souris dans ma tête manque de tomber en bas de sa roulette. Trois cents dollars ! Par semaine ? C'est beaucoup d'argent !

Sentant que j'hésite encore, Mireille ajoute :

— On serait ensemble les soirs et tous les week-ends. Il y a plein d'endroits que j'aimerais te faire découvrir. Tu te souviens de ce festival de théatre dont je te parlais ? Crois-moi, tu n'auras pas le temps de t'ennuyer. En plus, tu pourras améliorer ton anglais. C'était ton souhait à ton retour d'Orlando, je pense ?

Je ne suis pas sûre d'avoir envie de garder des enfants du matin au soir, jour après jour, pendant tout l'été. Méchant contrat ! Mais je m'en suis sortie avec les jumelles Pontcharra. Je suis sûrement capable de relever ce défi.

— OK, Mireille ! On se revoit dans un mois !

À suivre...

Petit lexique pour mieux comprendre LES ANNÉES 1990

Animaniacs Série animée produite par Steven Spielberg et diffusée de 1993 à 1994. Elle mettait en scène des créatures loufoques qui semaient la pagaille dans les studios Warner Bros.

Backstreet Boys Groupe pop originaire d'Orlando, en Floride. Leur album sorti en 1996 comprenait les hits *Get Down (You're the One for Me)* et *Quit Playing Games (with my Heart)*. Le groupe a vendu plus de cent trente millions d'albums à travers le monde.

Baladeur En 1998, Spotify et iTunes n'existaient pas. Le moyen le plus simple d'écouter de la musique demeurait la radio ou l'achat de CD et de cassettes audio. La compagnie Sony fut une pionnière, avec son baladeur walkman (1979) puis son discman (1984).

Bruno Pelletier Ce chanteur a connu un immense succès en 1997 avec l'album *Miserere*. L'année suivante, son rôle dans la comédie musicale *Notre-Dame de Paris* le fera connaître dans toute la francophonie.

Cassette VHS Support permettant d'enregistrer ou de visionner sur une bobine magnétique du contenu audiovisuel. La cassette vidéo a permis aux gens de posséder et de regarder des films à la maison. Avant ça, quand un film n'était plus au cinéma, on ne pouvait tout simplement plus le revoir, à moins qu'il ne soit programmé à la télé. Toute une révolution !

Cybercafé Ce type de commerce offrait un accès à Internet en échange de frais facturés à l'heure. Le premier « café électronique » a ouvert ses portes en 1984 à Santa Monica, en Californie. Il a fallu attendre le milieu des années 1990 pour trouver des endroits semblables à Montréal et à Paris.

Daniel Bélanger Auteur-compositeur-interprète québécois. Après un premier titre paru en 1992 (*Les insomniaques s'amusent*), il a sorti en 1996 un album intitulé *Quatre saisons dans le désordre*, qui lui a valu notamment les Félix de l'album pop-rock et de l'auteur-compositeur de l'année.

David Beckham Joueur de foot anglais (milieu de terrain) qui a porté les couleurs des clubs de Manchester, de Madrid et de Paris. Il a aussi fait carrière comme mannequin. En 1999, il épousera Victoria Adams, une des chanteuses des Spice Girls.

Des chiffres et des lettres Jeu télévisé dont les candidats doivent démontrer leur compétence en calcul mental et en vocabulaire. Introduit en 1965 sous le nom *Le mot le plus long*, c'est le plus vieux jeu télévisé français. Il existe encore à ce jour.

Elvis Gratton Personnage créé par le cinéaste Pierre Falardeau pour caricaturer les fédéralistes québécois. Dans une scène célèbre, Elvis tente d'expliquer qu'il est à la fois Canadien, Québécois, Nord-Américain et francophone.

Disneyland Paris Complexe touristique inauguré en 1992 sous l'appellation Euro Disney. Il comprenait alors un parc à thème, des hôtels et un village accueillant des boutiques et des restaurants. Un deuxième parc à thème nommé Walt Disney Studios a été ajouté en 2002.

Franc Monnaie en circulation en France jusqu'à l'introduction de l'euro, le 1er janvier 1999.

Game Boy Console de jeux vidéo portable conçue par Nintendo en 1989. Sa taille pratique, son prix accessible et son catalogue de jeux variés compensaient ses graphiques minimalistes. C'est sur cette console qu'a été lancé en 1996 le premier jeu vidéo mettant en scène des Pokémon.

George Clooney Acteur américain popularisé grâce à son rôle de médecin dans la série *Urgences* diffusée à compter de 1994. Il a interprété des dizaines de rôles au cinéma, dont le personnage de Batman en 1997.

ICQ Logiciel de messagerie instantanée lancé à la fin de l'année 1996. Le nom ICQ vient de l'anglais « I Seek You » (Je te cherche). Il était courant d'y aborder quelqu'un dans un espace de discussion en lui demandant son ASV (âge, sexe, ville).

Indochine Groupe de musique pop-rock issu du courant new wave. Il a connu un grand succès dans les années 1980 avec des titres comme *Tes yeux noirs*, *3 nuits par semaine* et *3e sexe*. Il continue encore de composer des chansons.

Joe Dassin Né en 1938 à New York, cet interprète a choisi de faire carrière en français. C'est en 1969 que Pierre

Delanoë a adapté pour lui la chanson *Waterloo Road*, du Britannique Lionel Morton, qui deviendra sous le titre *Les Champs-Élysées* un de ses plus grands succès.

La boite noire Vidéoclub de la rue Saint-Denis, à Montréal, où l'on pouvait acheter et louer des films de répertoire. Il a fermé ses portes en 2016, après 30 ans d'activités.

Leonardo Di Caprio Acteur américain devenu une star internationale à la fin des années 1990 grâce aux films *Titanic, Romeo + Juliet* et *La plage*.

Les Boys Comédie mettant en scène une équipe de hockey amateur qui doit affronter une bande de fiers-à-bras afin de sauver la brasserie de son entraîneur. Ce film de Louis Saïa a cumulé des recettes de près de sept millions de dollars, ce qui en a fait le plus grand succès du box-office québécois de l'époque.

Les Colocs Groupe montréalais fusionnant plusieurs genres musicaux. Il a connu le succès avec des chansons comme *La rue principale*, *Julie*, *Bon Yeu* ou *Passe-moé la puck*.

Les Trois Mousquetaires Roman d'Alexandre Dumas publié en feuilleton dans le journal *Le Siècle* en 1844. Il raconte les aventures de d'Artagnan, qui souhaite être mousquetaire et qui se lie d'amitié avec trois cavaliers qui font déjà partie de cette compagnie au service du roi de France : Athos, Porthos et Aramis. Ensemble, ils déjouent un complot orchestré par le cardinal de Richelieu pour compromettre la reine de France.

Louis de Funès Acteur comique (1914-1983) qui a joué dans plus de cent quarante films. Parmi ceux-ci, *La grande vadrouille* (1966) a été vu au cinéma par plus de dix-sept millions de Français, un record qui ne devait être battu qu'en 1998 par *Titanic*. Louis de Funès a aussi joué dans les comédies à succès *Le gendarme de Saint-Tropez*, *Le grand restaurant* et *Les aventures de Rabbi Jacob*.

Mars Attacks! Comédie de Tim Burton rendant hommage aux films de science-fiction des années 1950, dans laquelle des Martiens débarquent sur Terre avec des intentions tout sauf amicales.

Michel Tremblay Dramaturge montréalais qui a introduit le joual (parler populaire du Québec) dans le théâtre québécois avec *Les Belles-Sœurs* (1965), une pièce qui provoqua à l'époque un scandale auprès des élites bourgeoises et catholiques. Ses thèmes de prédilection (les femmes, les ouvriers et les gais) se retrouvent dans la plupart de ses romans et de ses pièces de théâtre.

Molière Comédien et dramaturge qui a vécu au XVIIe siècle. Il était un favori du roi Louis XIV. Molière a écrit des pièces comiques comme *L'avare*, *Le malade imaginaire* et *Le Tartuffe*, qui sont encore régulièrement présentées de nos jours.

Patrick Bruel Chanteur et acteur né en Algérie. Il a connu un immense succès au début des années 1990 avec son album *Alors regarde*, qui contenait les hits *Casser la voix*, *J'te l'dis quand même* et *Place des grands hommes*.

Pierre Foglia Journaliste à *La Presse* (quotidien québécois) de 1972 à 2015. Il aimait raconter, dans des chroniques au style unique, les travers de la société.

PSG Diminutif du club de foot Paris-Saint-Germain. L'équipe joue au Parc des Princes à Paris et s'entraîne à Saint-Germain-en-Laye. Elle a remporté plusieurs titres nationaux et européens.

Robert Charlebois Auteur-compositeur-interprète montréalais qui a introduit le joual dans la chanson populaire. On lui doit notamment *Lindberg*, *Demain l'hiver*, *Je reviendrai à Montréal*, *The Frog Song* et *J't'aime comme un fou*.

Sailor Moon Série animée japonaise de 1992 inspirée d'un manga. Elle suit les aventures d'une collégienne, réincarnation de la princesse de la Lune, qui doit protéger la Terre et qui se transforme en Sailor Moon grâce à une broche aux pouvoirs magiques.

Saku Koivu Hockeyeur d'origine finlandaise. Meilleur buteur européen de l'histoire des Canadiens, il a été capitaine de l'équipe durant dix ans, de 1999 à 2009 (égalant ainsi le record de Jean Béliveau). Il ratera presque toute la saison 2001-2002 en raison d'un cancer, mais reviendra en force l'année suivante.

Sous le signe des mousquetaires Série animée japonaise basée sur le roman *Les Trois Mousquetaires*, d'Alexandre Dumas. En France, elle fut diffusée à partir de 1989 sur La Cinq dans l'émission *Youpi ! L'école est finie.*

Taratata Émission musicale qui a vu défiler de nombreux artistes tels que Julien Clerc, Jean-Jacques Goldman, Lenny Kravitz, Bryan Adams, Peter Gabriel et Phil Collins.

Tom Cruise Acteur américain devenu une star internationale grâce au film *Top Gun* (1986). Dans les années 1990, il continua d'accumuler les succès : *Horizons lointains* (1992), *La Firme* (1993), *Entretien avec un vampire* (1994), *Mission impossible* (1996) et *Jerry Maguire* (1996), qui lui a valu le Golden Globe du meilleur acteur.

Trous dans la couche d'ozone Au milieu des années 1980, des « trous » furent constatés dans la couche d'ozone qui protège la Terre des rayons UV nocifs. Ils étaient causés par des gaz à base de chlore et de brome libérés dans l'atmosphère notamment en raison de l'utilisation d'aérosols. Le bannissement de ces produits corrigea lentement la situation.

Virginie Feuilleton télévisé diffusé sur les ondes de Radio-Canada de 1996 à 2010. L'émission racontait les hauts et les bas de la vie d'une enseignante du secondaire.

Vuarnet Marque française de vêtements et d'accessoires de ski. Elle doit son nom au skieur français Jean Vuarnet, qui remporta la médaille d'or en descente lors des Jeux olympiques de Squaw Valley (1960).

Will Smith Après avoir endossé le rôle-titre de la série *Le prince de Bel-Air*, cet acteur a joué dans plusieurs films à succès comme *Bad Boys* (1995), *Independence Day* (1996) et *Men in Black* (1997). L'album *Big Willie Style* sorti en 1997 contenait les hits *Men in Black* et *Gettin' Jiggy Wit It*, qui remportèrent des Grammys en 1997 et en 1998.

Xena, la guerrière Série diffusée de 1995 à 2001, qui suivait les aventures mythologiques et fantaisistes d'une princesse guerrière en quête de justice. Xena était, au départ, un personnage secondaire d'une autre série intitulée *Hercule*.

Zinédine Zidane Joueur de foot (milieu offensif) né à Marseille. En plus du maillot national, il a notamment porté les couleurs des équipes de Turin et de Madrid. Au cours de sa carrière, Zidane a remporté plusieurs honneurs individuels et collectifs, dont le Ballon d'or en 1998.

Découvre les premières pages des aventures de Morgane dans Textos et Cie!

Je m'appelle Morgane et, pour moi, aucun défi n'est insurmontable. Au contraire! Je suis passionnée, je suis intense, je suis unique en mon genre. Rien ne pourra m'empêcher de réaliser mon rêve : mettre sur pied un journal étudiant révolutionnaire au sein de ma nouvelle école. Ma vie est remplie de surprises, de coups de cœur, et de petits secrets… que je m'apprête à découvrir en compagnie d'Annabelle, Eddy et Thomas, mes nouveaux amis.

CHAPITRE 1

Changement de décor

CHAPITRE 1

Yanie : Morgane ? Es-tu là ?

Moi : Oui ! Qu'est-ce qu'il y a, encore ?

Yanie : Je m'ennuie de toi !

Moi : Je le sais, Yanie. Tu me l'as déjà écrit trois fois ce matin. Tu vas survivre, ne t'inquiète pas !

Yanie : Je ne pense pas ! Je n'arrive plus à dormir depuis que tu m'as fait tes adieux.

Moi : C'était hier !

Yanie : Ben, c'est ça ! Je n'ai pas dormi de la nuit non plus !

Moi : Arrête d'être aussi dramatique. Je ne suis pas morte, quand même !

Yanie : Pas encore, mais ça va venir ! Tu t'apprêtes à passer toute une année dans un pensionnat hyper sévère ! Crois-moi, tu vas vouloir mourir !

Moi : Ce n'est pas un pensionnat, c'est une résidence.

Yanie : Je ne vois pas la différence. Oh ! Et attends d'enfiler ton uniforme ! Tu vas le détester, je te jure !

Moi : Ça suffit, Yanie ! Je ne porterai pas d'uniforme, je te l'ai déjà dit. Ce n'est pas une école privée, c'est un secondaire * comme les autres.

Yanie : En tout cas, moi, on me paierait cher pour que j'accepte de dormir à mon école !

Moi : Je n'ai pas vraiment le choix si je ne veux pas faire une heure d'autobus tous les jours.

Yanie : Ta nouvelle maison est si loin que ça ?

Moi : Que veux-tu, c'est la campagne ! 😀

---

* **Secondaire** – Au Québec, on fréquente l'école secondaire pendant 5 ans (de la première à la cinquième), de 13 à 17 ans.

CHAPITRE 1

Yanie : Je te souhaite beaucoup de plaisir avec les vaches, les poules et les champs de maïs !

Moi : Écoute, je dois te laisser. J'ai une journée plutôt chargée. On se revoit bientôt ?

Yanie : Oui, mais tu me promets de m'écrire souvent, hein ?

Moi : C'est sûr !

Yanie : Quand ? Tout à l'heure ? Ce soir ? Pas plus tard que ce soir, OK ? Parce que je te connais ! Indépendante comme tu es, tu serais capable de m'oublier pendant la nuit.

Moi : Je ne vois pas comment ça pourrait arriver, avec la quantité de textos que tu m'envoies dans une journée ! 😉 Je t'écris avant d'aller au lit, c'est promis.

Yanie : Je compte sur toi !

Moi : 👍

CHANGEMENT DE DÉCOR

J'éteins mon cell* et le range dans la poche de ma veste, un grand sourire aux lèvres. Pauvre Yanie ! Elle me fait bien rire avec son ton dramatique. Je change d'école, je ne m'en vais quand même pas à l'abattoir ! La vie m'offre la chance de découvrir autre chose et de me faire de nouveaux amis. Aussi bien en profiter, non ? Il n'y a rien de mal là-dedans !

Le changement fait peur à beaucoup de monde. Mais moi, je ne suis pas comme tout le monde. À quoi bon l'être, de toute façon ? Pourquoi chercher à entrer dans un moule qui ne me ressemble pas ? Oh ! Je pourrais faire semblant, c'est vrai ! Mais serais-je vraiment plus heureuse ? Je ne crois pas.

C'est ma vie. Et la beauté, c'est que je peux en faire ce que je veux, de ma vie. Je prends mes propres décisions. Je trace ma route. Je tire le bout de cette longue ficelle et je la déroule un centimètre à la fois afin de découvrir les mille et un trésors cachés de ce monde. À mon rythme. *Quand* je le veux et *comme* je le veux.

« Quel sera ton métier, quand tu seras grande, Morgane ? » Ah ! Cette fameuse question ! On se la fait poser si souvent quand on est jeune ! Girouette comme je suis (ça, c'est l'expression préférée de ma mère pour me décrire),

* **Cellulaire/Cell** – Téléphone portable.

j'ai changé d'idée des centaines, voire des milliers de fois.

Quand j'avais trois ans, je voulais être une princesse en pyjama. Pourquoi en pyjama ? Parce que les robes ne m'intéressaient pas. Et soyons honnêtes, elles ne m'intéressent toujours pas. Tout ce que je voulais, c'était monter à cheval, m'amuser avec le fou du roi et manger du pain jusqu'à ce que mon ventre soit sur le point d'exploser.

À six ans, je rêvais de devenir une sirène-infirmière pour soigner les dauphins malades, prendre soin des bébés hippocampes et jouer avec les étoiles de mer. Rien de bien compliqué, non ?

Ensuite, vers dix ans, j'ai eu la meilleure idée de tous les temps ! J'allais devenir la première fille à faire le tour du monde en marchant sur les mains, les pieds dans les airs. Je me suis donc entraînée, entraînée et entraînée, et, finalement, j'ai abandonné ce projet au coin de la rue. C'était beaucoup trop long, le tour du monde ! Et beaucoup trop douloureux, aussi !

Aujourd'hui, je dois sérieusement penser à mon avenir. Je ne suis pas encore une adulte, mais je ne suis plus une enfant non plus. Ma mère dirait : une ado. Je déteste ce mot, parce qu'il nous bombarde d'images hyper négatives. Ado = boutons plein le visage, appareil dentaire, début des règles, voix qui mue, moustache qui n'en est pas vraiment une (rasez-moi ça, les gars !), hormones qui nous font rire quand c'est le temps de pleurer (et qui nous font pleurer quand c'est le temps de rire), peines d'amour, amis qui nous laissent tomber. Mais surtout, ado = coups. Beaucoup de coups. Des coups de cœur, des coups de fatigue, des coups d'œil, des coups de fil, des coups bas, des coups d'éclat, des coups de soleil, des coups de pouce, des coups de barre et, aussi, des coups de foudre.

Mais les coups de foudre, ce n'est pas pour moi. C'est une perte de temps. J'ai beaucoup mieux à faire que m'extasier devant les beaux yeux d'un tel ou la nouvelle coupe de cheveux d'un autre. Je me fiche de savoir si le gars le plus populaire de l'école a remarqué mon nouveau t-shirt. Je m'en balance, de l'opinion des gens à propos de la couleur de mon vernis à ongles. Vraiment ! Je ne dis pas que je suis complètement indifférente à la gent masculine — je ne suis pas faite en bois, quand même ! —, mais je suis bien plus attirée par celui qui écoute des documentaires et qui s'intéresse à ce qui se passe dans le monde que par celui qui marque des buts à la pelle lors des matchs de football. Vous voyez ? Et des gars comme ça, il n'y en a pas des centaines dans mon entourage.

Pour en revenir à la question à mille dollars, vous savez, celle qui va faire de moi une adulte responsable et équilibrée (hum ! hum !), la réponse s'est imposée d'elle-même avec les années. Maintenant, tout est clair. Je vais devenir journaliste. Mais pas n'importe quelle sorte de journaliste. Oh non ! La météo, très peu pour moi. L'horoscope et les sports, c'est sans intérêt. Les petites nouvelles de quartier qui ne servent qu'à alimenter les ragots (du genre : saviez-vous que la municipalité vient d'établir une nouvelle loi en matière de ramassage de crottes de chien ?), il est hors de question que je m'en charge. Non, moi, ce que j'aimerais, c'est faire du journalisme humanitaire. Voyager. Découvrir le monde. Partir à la recherche de sujets de société à la fois passionnants et controversés. Des sujets qui amèneront la population à réfléchir. À se poser des questions. À prendre des décisions.

C'est moi, ça.

C'est Morgane.

Et j'ai trouvé le moyen parfait de m'exercer, tout en montrant aux autres qui je suis réellement : je vais mettre sur pied un journal étudiant. Mais attention ! Je parle ici d'un vrai journal ! Rien à voir avec ces atrocités sans contenu qui circulent habituellement dans les écoles secondaires. J'ai envie de monter un périodique unique, à ma couleur. Et je me suis bien préparée pendant l'été. J'ai écrit quelques chroniques inspirées de ma propre expérience de vie. En voici un exemple.

CHAPITRE 1

Pas si terrible, **LE CHANGEMENT !**

Quel beau titre pour un article, n'est-ce pas ? Il y a tant de choses à dire à propos du changement que je ne sais pas trop par où commencer.

Allons-y tout d'abord avec la définition du mot «changement». Selon le Larousse, il s'agit «d'une action, du fait de changer, de modifier quelque chose, du passage d'une étape à une autre». Le changement peut être lent et progressif ou, à l'inverse, brutal et précipité.

Mais la question qu'on doit se poser, c'est: que souhaitons-nous vraiment modifier? Nos habitudes alimentaires? Notre mentalité? Notre engagement dans la sauvegarde de la planète? Notre lieu de résidence, nos fréquentations, notre cercle d'amis? Pourquoi ne pas prendre un moment pour y réfléchir? Chaque être humain réagit différemment au changement.

Pour ma part, je l'accueille à bras ouverts! Je profite des occasions qui s'offrent à moi pour...

Bout de luzerne que j'ai du talent ! Mon article mériterait d'être publié dans un grand journal !

SOIS RÉALISTE, MORGANE !
TU DOIS COMMENCER EN
BAS DE L'ÉCHELLE, COMME
TOUT LE MONDE !

C'est vrai ! Voici donc ce que je vais faire. Je vais aller voir les responsables du journal étudiant et les convaincre de me faire une place au sein de leur équipe. Je me suis préparé une argumentation solide et convaincante, ils ne peuvent pas refuser. Et si, malgré tout, ils décident qu'ils n'ont pas besoin de moi, eh bien, je vais foncer et démarrer mon propre journal ! Tant pis pour eux !

TOUT DOUX, MORGANE !
C'EST TA PREMIÈRE JOURNÉE
DANS CETTE ÉCOLE. PRENDS ÇA

CHAPITRE 1

RELAXE ! TU N'ES PAS OBLIGÉE DE TE FAIRE DES ENNEMIS TOUT DE SUITE EN COMMENÇANT !

Non, mais je ne dois pas me laisser marcher sur les pieds non plus. J'ai accepté de relever le défi et de changer d'école, alors maintenant, c'est à moi de prouver que j'ai pris la bonne décision.

Il y a quelques semaines, ma mère s'est fait offrir un emploi de rêve. Évidemment, je l'ai encouragée à accepter le poste. Quand elle m'a avoué qu'on devrait déménager pour que ce soit possible, je lui ai assuré que ça m'allait. Changer de maison ? Pas de problème ! Changer de ville ? Pourquoi pas ? Mais quand elle m'a expliqué qu'on habiterait en pleine campagne, que je devrais quitter mon école et qu'en plus je devrais loger dans les résidences de mon nouvel établissement scolaire, j'ai hésité un peu. Mais pas plus de trente secondes. Ensuite, j'ai dit oui !

Pour plusieurs, ça peut sembler effroyable, voire mortel. Pas pour moi. Je ne suis pas comme ça. Mes amies sont un peu différentes (pour ne pas dire totalement différentes). Elles ont pleuré toutes les larmes de leur corps quand je leur ai annoncé la nouvelle. Louba m'a suppliée de convaincre ma mère de laisser tomber ce projet de fou et Yanie m'a menacée de ne plus jamais m'adresser la parole si j'acceptais de déménager. Je les entends encore argumenter pour essayer de me faire changer d'idée:

— Quoi? Tu vas dormir dans ton école? C'est l'horreur! m'a dit Louba, les yeux exorbités et le teint blême.

— Et tu vas partager ta chambre avec une inconnue? a ajouté Yanie, en me regardant comme si j'étais la pire des irresponsables. Ben voyons!

— Tu vas être hyper malheureuse!

— Tu vas trop nous manquer!

— C'est la fin du monde!

Elles ont oublié qui je suis, on dirait. J'ai toujours aimé relever des défis. Je m'intéresse à tout, partout, et tout le temps. J'accueille à bras ouverts chaque possibilité que m'offre la vie et j'essaie d'en tirer le maximum. Cette formidable aventure, je l'embrasse sur les deux joues et je lui fais un énorme câlin. C'est une chance inestimable qui s'offre à moi.

C'est certain que je vais m'ennuyer de mes amies. On a vécu tellement de belles expériences, toutes les trois! Mais je ne déménage pas au

Pérou, quand même ! On va se voir une fois de temps en temps. On va s'appeler. On va se texter.

Là où ça risque d'être un peu plus difficile, c'est avec ma mère. Elle est de loin la personne qui va me manquer le plus. Et je sais qu'elle va trouver ça difficile, sans moi. Malgré tout, je ne suis pas inquiète. On est fortes, toutes les deux. On va s'en sortir. On l'a toujours fait, alors je ne vois pas pourquoi ça changerait.

Aujourd'hui, c'est enfin le grand jour. Après un été bien rempli, je mets enfin les pieds dans ma nouvelle école. Les cours commencent seulement dans deux jours, mais l'accueil a lieu plus tôt afin de nous donner le temps de nous installer avant la rentrée.

À mon arrivée, on m'a donné une foule de papiers, on m'a attribué un numéro de chambre et on m'a souhaité une belle année scolaire. Et moi, j'ai gentiment demandé à maman de retourner à la maison et de me laisser seule. Je sais que ça lui a fait de la peine, mais j'ai envie de faire ce bout de chemin par moi-même. Découvrir mon nouvel environnement. M'installer. Rencontrer des gens. Faire ma place. Évidemment, elle ne met pas longtemps à m'envoyer un message :

Maman : Est-ce que tout va bien ? As-tu trouvé ta chambre ? Tu n'es pas perdue, j'espère ?

Moi : Tu es partie ça fait deux minutes ! Laisse-moi le temps ! Je t'écris plus tard, OK ?

Maman : Promis ?

Hi ! Hi !

Moi : Promis. Mais là, je ne peux pas avancer et te texter en même temps. J'ai plein de bagages, au cas où tu l'aurais oublié.

Maman : Oui, désolée. N'oublie pas, je viens te chercher vendredi après tes cours. On va se faire un beau week-end, toutes les deux.

Moi : Parfait ! Embrasse Fripouille pour moi.

Maman : Juste Fripouille ? ;)

Moi : Ben non. Embrasse aussi Gamine. Et Johnny Depp. Et… Bon ! Embrasse-les tous de ma part !

CHAPITRE 1

Maman : Des bisous soufflés, ça te va ? Hors de question que je pose les lèvres sur tes bestioles !

Moi : Oui, oui. Bisous soufflés, c'est parfait ! Je t'aime !

Maman : Moi aussi, je t'aime, ma colombe ! ♥

J'TDR

CHAPITRE 2

Première impression

CHAPITRE 2

J'avance dans le corridor, une valise dans chaque main et un immense sourire aux lèvres. C'est parti pour une excitante, exaltante, stimulante et passionnante aventure ! Et la petite voix dans ma tête me répète sans arrêt ce que je dois absolument faire aujourd'hui.

TROUVER MA CHAMBRE, POUR COMMENCER !

Ça, c'est tout un défi ! Cette école est tellement grande que j'ai l'impression de tourner en rond depuis des heures. Un vrai labyrinthe ! Bon. Je ne devrais pas me plaindre, j'aime ça, les labyrinthes. Je rêve même de visiter les pyramides d'Égypte un jour. Certaines d'entre elles sont fascinantes, à ce qu'il paraît. Mais je ne sais pas pourquoi je parle de ça… OK. *Next !*

DÉCORER MON ESPACE.

C'est hyper important pour moi. Pourquoi endurer des murs blancs — ou pire :

beiges ! — pendant toute une année scolaire, quand on peut les embellir avec quelques affiches, des cadres et des articles de journaux ?

ME FAIRE DES AMIS.

Pas trop compliqué, je suis tellement merveilleuse !

FINALEMENT, ET LE PLUS <u>IMPORTANT DE TOUT</u> : CONVAINCRE LES MEMBRES DU JOURNAL ÉTUDIANT DE M'ACCUEILLIR DANS LEUR ÉQUIPE.

J'en fais une mission prioritaire. C'est un objectif personnel ! Mais je pense que ça va bien aller. Comme je l'ai déjà dit, je suis merveilleuse ! ☺ En plus, j'ai plein d'idées. Ensemble, on va révolutionner le monde du journal étudiant. Rien de moins !

CHAPITRE 2

Pendant que j'établis une stratégie et que j'élabore une liste d'arguments irréfutables à présenter à l'équipe du périodique, les numéros de porte défilent devant mes yeux.

Quarante ; j'approche !

Je suis impatiente de connaître ma coloc. Euh… Est-ce que c'est vraiment ça, le terme exact ? Coloc ? Ou *cochambreuse* ? Ou partenaire d'espace vital ? Bah ! Peu importe ! Je suis sûre qu'elle est géniale et qu'on va devenir les meilleures amies du monde. Tiens, tiens, je pourrais faire une entrevue avec elle ! J'imagine déjà le titre : « Partenaires pour l'année scolaire ». Ou alors : « Le début d'une fabuleuse aventure ». Oui, c'est bon, ça !

Quarante et un ; j'ai les mains moites. Il fait si chaud, ici !

Quarante-deux ; j'y suis ! C'est la porte de ma chambre.

Je m'arrête et je dépose mes valises pour essuyer la paume de mes mains sur mon pantalon. Qu'est-ce qui me prend ? On dirait que j'hésite. Je n'ai pourtant pas l'habitude de manquer de confiance en moi !

Pour me rassurer, je glisse la main à l'intérieur d'une pochette de ma valise et j'en sors l'un de mes plus récents articles. Je l'ai écrit hier soir, celui-là. C'est l'un de mes meilleurs.

La confiance **EN SOI**

On en entend parler partout! Dans les revues, dans les émissions de télé, dans les études menées auprès des jeunes enfants, etc. À notre âge, il pourrait être tentant de lever le nez sur ce genre de documentation, mais sachez qu'une parfaite maîtrise de nos capacités est un atout majeur dans la réalisation de nos rêves les plus profonds. De là l'importance d'encourager les gens autour de nous, de leur dire à quel point ils sont bons et qu'ils méritent toute notre attention.

Dans cet article, je vous propose diverses méthodes à mettre en œuvre pour améliorer votre propre confiance en vous. Ne vous imposez pas de limites, voyez comment

CHAPITRE 2

Bang ! Un élève me percute si fort que je laisse tomber mon papier au sol. Bout de luzerne ! Il pourrait faire attention ! Il s'agit là d'un document de la plus haute importance ! Bon. C'est peut-être signe qu'il est temps que j'entre dans ma nouvelle chambre (et dans ma nouvelle vie).

Je frappe trois petits coups et j'agrippe les poignées de mes valises. J'attends qu'on vienne m'ouvrir. Je suis polie quand même. OK, je l'avoue, j'ai surtout les mains pleines. Euh… On dirait que j'entends chanter à travers la porte. Et c'est… C'est quoi, cette musique, au juste ? Un mélange de flûte de pan et de harpe. Oh ! Oh ! Ce n'est pas bon signe, ça !

Bon. Du calme. Je ne dois pas juger cette fille avant de la connaître. Ce n'est pas parce qu'elle écoute de la musique archinulle et qu'elle chante de façon archinulle qu'elle est forcément archinulle elle aussi. Oups ! Est-ce que c'était un jugement, ça ? Hum, peut-être… Je devrais faire plus attention.

Je frappe à nouveau, un peu plus fort cette fois. La musique arrête et la porte s'ouvre.

— Quoi ?

— Salut ! Je suis Morgane !

Wow ! Ma coloc est vraiment, mais vraiment belle ! Elle mesure près de dix centimètres de plus que moi (pourtant, je ne suis pas petite), elle a de longs cheveux blonds et des yeux verts aussi grands et aussi ronds que ceux d'une biche. Bref, elle m'énerve ! (Mais non ! Elle ne m'énerve pas vraiment. Mais avouez qu'on a affaire ici à un cas d'injustice flagrante dans la répartition des attributs physiques au sein de la population !) Elle a même un style que la plupart des filles – et des gars – doivent qualifier de *look* d'enfer ! Une chemise fleurie, un short de jeans très court, un bottillon noir et un chignon mi-soigné mi-négligé, qui laisse tomber quelques mèches sur son visage bronzé. Si elle n'avait pas les yeux si gonflés et si rougis (tiens, tiens, aurait-elle pleuré ?), elle serait parfaite !

Pendant que j'examine ma coloc de la tête aux pieds, elle se permet de faire la même chose. Son regard étonné se promène de bas en haut et de haut en bas, comme si elle n'arrivait pas à assimiler les informations transmises par son cerveau. Je fais parfois cet effet-là aux gens. Les premières minutes, tout au moins. Ensuite, ils s'habituent. Je n'ai pas la réputation d'être conventionnelle ni de me fondre dans la masse. Celle qu'on remarque, c'est moi.

CHAPITRE 2

— Qu'est-ce que tu veux? me demande enfin la belle blonde. Tu es perdue? ajoute-t-elle en penchant légèrement la tête.

— Non. Je suis ta coloc, dis-je en lui tendant une main qu'elle ignore en relevant le menton. On va partager la même chambre, toutes les deux. Tu t'appelles Rosalie, c'est bien ça? En tout cas, c'est ce qu'on m'a dit à l'accueil.

Un mélange de colère et de frustration passe sur son visage, l'instant d'une seconde. Son beau teint bronzé de l'été devient aussi rouge qu'une tarte aux cerises et ses pupilles se dilatent, comme si elle voulait me dévorer. Je recule d'un pas malgré moi. Heureusement que je l'ai fait, parce que j'aurais reçu la porte en plein visage.

Vlan!

Non, mais! Tu parles d'une effrontée! Elle m'a claqué la porte au nez!

— Hé! Rosalie!

Je frappe encore. Elle n'ouvre pas. Décidément, ça commence mal. Je tourne la poignée et j'entre difficilement en tirant… Euh non. En poussant… Euh, ça ne marche pas non plus. En soulevant mes valises pour les déposer dans la pièce. Le souffle court, parce que je ne suis pas vraiment un modèle de forme physique, je m'essuie le front du revers de la main. Ouf!

Campée devant moi, ma coloc se gratte nerveusement le bras. Sa colère semble disparue. Peut-être a-t-elle compris que je n'ai pas choisi d'être avec elle, moi non plus. J'ose faire un pas dans sa direction, mais elle lève aussitôt l'index pour me pointer un lit vide. Puis, elle soupire un grand coup et va s'asseoir à son petit bureau en prenant soin de me tourner le dos. Je déplace mes valises et je les dépose au pied de mon lit. Je suis trop curieuse. Je ne peux pas m'empêcher de la questionner.

— Est-ce que ça va, Rosalie ? dis-je, plantée au beau milieu de la chambre. Tu as l'air bouleversée.

— Mon nom, c'est Annabelle ! grogne-t-elle, les poings serrés.

— Oh ! Désolée. Ils ont dû faire une erreur à la réception.

Mes doigts s'agitent machinalement sur la fermeture éclair de ma veste.

— Mais tu as quand même l'air bouleversée. Est-ce que je peux faire quelque chose pour t'aider ?

— Tu crois vraiment que je vais parler de ça avec toi ? marmonne Annabelle, sans se retourner. On ne se connaît même pas.

— Justement. Je suis la mieux placée pour t'aider à poser un regard objectif sur la situation, tu ne penses pas ? dis-je sur le ton d'un professeur. Mon jugement ne risque pas d'être altéré par ma propre interprétation des événements.

Ma coloc pivote sur elle-même et me lance un regard perçant.

— Est-ce que tu parles toujours comme ça ? Parce que, franchement, c'est un peu bizarre, ton affaire.

— Désolée. Je vais essayer de faire attention, fais-je, en baissant la tête.

Je ne veux pas l'effrayer. Ni la bousculer. Je décide donc de m'asseoir sur mon lit pour garder une certaine distance entre nous. Personnellement, la proximité ne me gêne pas, mais ce n'est pas tout le monde qui est à l'aise avec ça.

— Alors ? Tu me racontes ?

L'hésitation se lit sur son visage. Annabelle ferme les yeux, pince les lèvres et lâche un autre grand soupir. Décidément, elle en a gros sur le cœur. Au moment où elle ouvre la bouche pour me parler, mon téléphone se met à vibrer. Bout de luzerne ! Ce n'est pas le moment !

Je glisse la main dans la poche de ma veste pour éteindre mon appareil, mais c'est trop tard :

Annabelle a compris qu'elle était sur le point de se confier à une parfaite inconnue. Le nez plissé et les poings serrés, elle court se réfugier dans la salle de bain en refermant la porte derrière elle. Bon. Ce sera pour une autre fois, les confidences ! Je ne peux rien faire de plus pour l'instant.

Curieuse de savoir qui m'a textée, je m'empare de mon cell pour lire le message. C'est mon amie Louba.

Louba : Hé ! Comment tu vas, Gougoune ? Tu devais m'écrire ce matin. J'espère que tu ne m'as pas déjà oubliée ! Ou pire : remplacée !

Moi : Salut, microbe ! Mais non, voyons ! Comment pourrais-je te remplacer ? Tu es la seule au monde qui arrive à chanter du heavy métal en dansant la claquette dans le fond d'une piscine !

Louba : Ah ! Tu me rappelles des souvenirs ! C'était vraiment cool, ça !

Moi : Ouaip ! Méchant party* !

* **Party** – Fête.

CHAPITRE 2

Louba : Alors, est-ce que ta nouvelle école est plus hot que la nôtre ?

Moi : Difficile à dire, je viens d'arriver. Je ne suis même pas encore installée.

Louba : Rassure-moi, dis-moi que tu ne t'es pas déjà fait des tas d'amis ! Parce que si c'est le cas, je t'ouvre le bide et je déroule les trois mètres d'intestins qu'il y a à l'intérieur afin de les piétiner jusqu'à ce qu'ils forment un tas de chair sanguinolente. Compris ?

Moi : Wow ! Charmant !

Louba : Merci ! C'est toi qui m'as tout appris.

Moi : Petite rectification, cependant : on n'a pas trois, mais environ sept mètres de boyaux dans le bide, si on compte l'intestin grêle et le gros intestin.

Louba : Tant que ça ?

Moi : Yep !

Louba : Tu m'étonneras toujours, toi !

Louba : Alors ? C'est comment, la campagne ? Es-tu assaillie par les mouches ? Ça sent la crotte de vache ?

Moi : Non, au contraire ! C'est merveilleux ! Je me suis réveillée super tôt pour voir le soleil se lever. Ensuite, j'ai marché dans les champs pendant des heures. J'ai cueilli un superbe bouquet de fleurs, j'ai caressé des chevaux, j'ai ramassé des œufs frais et je suis rentrée pour préparer le petit déjeuner à ma mère.

Louba : Tu te moques de moi ?

Moi : Pas du tout ! J'ai même eu le temps de récolter du miel, de traire deux ou trois vaches et faire les foins.

Louba : Ah ! Ah ! Très drôle !

Hi ! Hi ! Hi !

CHAPITRE 2

Moi : Tu veux la vérité ? Je me suis couchée hyper tard hier soir (tu me connais !), je me suis levée en retard ce matin (évidemment !), et j'ai avalé une banane dans l'auto pendant que maman me conduisait à l'école.

Louba : Là, je retrouve ma Gougoune à moi !

Louba : Qu'est-ce que tu portes ?

Moi : Comment ça, qu'est-ce que je porte ?

Louba : Je suis curieuse. La première impression, c'est hyper important ! Et tu n'es pas toujours très douée pour ça, on ne se le cachera pas !

Moi : J'étais pressée ce matin. Tous mes plus beaux vêtements étaient déjà dans mes valises, alors je n'ai pas eu tellement le choix.

Louba : Aboutis !

Moi : Mes leggings avec des dessins de Smarties.

Louba : Tu me fais peur. Qu'est-ce que tu as mis avec ça ?

Moi : Mon t-shirt vert.

Louba : Oh non ! Rassure-moi ! Tu parles bien de celui qui est tout vert, hein ?

Moi : Non, l'autre. Celui avec la grenouille.

Moi : Quoi ? Qu'est-ce qu'il y a ? C'est super beau !

Moi : Ben... Pas si beau que ça ! Qui ça intéresse, de toute façon ?

Moi : Pourquoi tu ne réponds pas ?

Moi : Lou ?

Louba : Laisse tomber ! Ne viens pas te plaindre si tu ne te fais pas d'amis d'ici la fin de l'année scolaire. Franchement, Morgane !

Moi : Quoi ? Les Smarties et les grenouilles ont tout à fait le droit de cohabiter ! Tu ne peux pas les en empêcher ! C'est de la discrimination !

Louba : Là, je te reconnais bien ! ☺ Bon, je dois y aller ! Mon père m'attend dans l'auto. On va magasiner * pour la rentrée.

Moi : Amuse-toi bien ! Je te redonne des nouvelles très bientôt !

Louba : Tiguidou !

À suivre…

* **Magasiner** – Faire les magasins, faire du shopping.

Rejoins la tribu Kennes

ABONNE-TOI À NOTRE NEWSLETTER !

RETROUVE-NOUS AUSSI SUR
FACEBOOK ET INSTAGRAM !

@kenneseditions

Kennes Éditions

www.kenneseditions.com